Best Time

白 马 时 光

Through the World, You Are the Best

见山是山 见水是水，
见你是全世界

大柠

著

趁回忆尚未泛黄,

我记录下旅行时爱情的模样。

寻访世界,

是一场没有终点的梦想旅行;

寻访你,

是一场不会结束的爱情旅行。

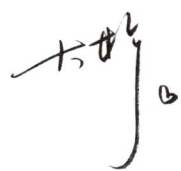

目　录

自序：你来人间一趟，要和心上人一起走在路上 _ Ⅱ

想要带你去浪漫的土耳其

Chapter 1

≫ 棉花堡的千年温泉　　C62

≫ 这辈子做的最疯狂的事　　051

≫ 错过日落又错过日出　　033

≫ 夜游博斯普鲁斯海峡　　020

≫ 流浪在纯真博物馆　　004

目 录

以爱之名，
遇见美好

Chapter 2

≫ 世界是美的，而你是甜的 074

≫ 撑一支长篙在康桥寻梦 078

≫ 湖畔小镇故事多 096

≫ 城堡为爱守着秘密 116

≫ 那些不期而遇的美好 137

≫ 在最浪漫的国度做最浪漫的事 156

目 录

山长水远，
你依然在我身边

Chapter 3

≫ 山长水远，你依然在我身边　170
≫ 我想住在你的心湖　190
≫ 每个人心中都有一片草原　201
≫ 面朝大海，春暖花开　227
≫ 我心悦你，百年为期　250

后记：你的内心藏着生活之美 _254

自 序
你来人间一趟,要和心上人一起走在路上

> 你来人间一趟,
>
> 你要看看太阳,
>
> 和你的心上人,
>
> 一起走在街上。

年少时读海子的这首诗,我尚未遇见心上人,脑海中却已浮现出一幅画面:阳光明媚,相爱的两个人迎着夏日的清风,手牵手走在林荫道上,一直走到望不见尽头的远方,一路洒下两人银铃般的笑声。

相比较走在人潮汹涌的街上,我更希望未来有人陪我走在路上,走向更广阔的世界。

后来,我终于遇见那个人——初秋的暖阳下,明眸皓齿的少年

向我走来，笑颜灿若骄阳。

从此，漫漫人生路，我有了同行者。

我们并肩站在圣托里尼的蓝白屋前，欣赏全世界最美的日落；我们携手走在巴黎的塞纳河畔，欣赏埃菲尔铁塔的闪灯；我们住在瑞士温暖的小木屋里，看着窗外的湖光山色，向往着劈柴喂牛的田园生活。

我们在伊斯坦布尔的纯真博物馆里流浪，体会奥尔罕·帕慕克小说世界和真实世界的融合；我们在埃文河畔的斯特拉特福小镇漫步，和莎士比亚隔着四百多年的时间遥遥相望；我们立在庐山瀑布的山脚抬头仰望，切身感受李白笔下的"飞流直下三千尺，疑是银河落九天"。

我们在费特希耶乘坐滑翔伞在地中海上空翱翔，俯瞰翡翠般的山川镶嵌在蓝色海面；我们站在爱尔兰的莫赫悬崖边看大西洋，浪花和海鸥的声音都掩盖不了一个人的告白；我们行走在海南三亚的路上，那里通往爱的海角天涯。

翻开这几年的日历，我们旅行的故事在日历中熠熠生辉。

不如，趁回忆尚未泛黄，我记录下旅行时爱情的模样。

旅行意味着自由，我们可以脱离惯常生活的轨道，离开平时工

IV –

作的羁绊，一起探索人生新的旅程。

去到陌生的远方，我开始带着好奇心重新打探这个世界，发现阳光微风是那么美好，发现绿树红花是需要认真对待的生命。我仿若和世界初相见，眼前的一切都可以让我获得全新的、细腻的感受。

同样是时间在流淌，旅行中的时间却崭新得闪闪发亮。尽管旅途中奔波劳累，身体疲乏，心灵却仿佛复苏，让人忍不住想展开双臂，拥抱全新的日子。

旅行的意义是让人能够重新发现，不仅能发现新的世界，也能发现新的自己。

在旅途中，我看到了大海的包容，草原的自由，湖泊的柔情，山川的雄伟，它们让我懂得谦卑。

在旅途中，我看到了四时之花各有千秋，世界各地有各自的芳华，领悟了罗素所说的"人生的参差百态是幸福本源"。

在旅途中，我和喜欢的作家跨越时空对话，发现历史的长河烟波浩渺，人类是多么渺小，而优秀的文字透过千年岁月仍能沁润心灵，人类又是如此伟大。

旅行不仅滋润了爱情，更滋养了生命。

一起携手走过那么多地方，我问他："你印象最深的美景是哪里？"

他指指我："不就在这里吗？"

"……"

"为了这个'美景'我才跟着到处跑。对我来说，世界上最美的风景是你。"

委实没想到，他在陪我走遍万水千山、领略世间万般风情后，依然可以对我说："见山是山见水是水，见你是全世界。"

"伴侣"这个词很有意思，倒过来念就是"旅伴"。他不仅是我日常生活中的伴侣，也是我长途跋涉中的旅伴。

旅行让我更加确定，他就是可以陪我走漫漫人生路的那个人。

周国平先生说："生活的意义，一是做自己喜欢的事，一是和喜欢的人在一起。"

和他一起旅行，是我在做生命中最重要的两件事。

无论这个世界有多孤单，总有一个人愿意陪你走遍万水千山。

行路是在读书，读书也是在行路。

愿阅读这本书的你，能跟随我的脚步踏上一次别样的旅程，发现不一样的世界，也发现不一样的自己。

是时候和你决定,

背起行囊去远行。

一起在山野间追风,

一起在云海边赏月,

去看遍这世界的黄昏与黎明。

Chapter 1
想要带你去浪漫的土耳其

生命旅程中会遇见许多风景，有一种风景，这辈子都看不腻，叫关于你的风景。

流浪在纯真博物馆

恋物,迷恋的不是物品本身,迷恋的是物品寄托的情感、承载的回忆、忘不掉的故事。时间是无情的,物品的存在却可以让我们超越时间。

(1)

某个周末的午后，林知逸靠在沙发上看书，我坐在他身旁浏览公众号文章。

"人这一生一定要去这个地方，浪漫得像童话！"这个标题突然跃入眼中，我点开一看，第一张图是五彩斑斓的热气球在精灵烟囱般的石头丛林上空飞翔的画面，果然够浪漫、够童话。再往下滑，是一张落日的余晖映照着海边古老城市的照片，配的文字是"土耳其最耀眼的城市当属伊斯坦布尔，这座横跨欧亚大陆的城市被拿破仑称为世界的首都"。

我对林知逸说："大林，国庆节我们要不去土耳其吧？"

伊斯坦布尔早已被我列入旅行清单，经过这几张照片撩拨，我想要远游的心跃跃欲试。

"是谁前阵子才说'出去玩好累，还是在家里好'的？"林知逸慢条斯理地说。

我笑道："旅行这件事一旦开始，就不会结束。"

林知逸看着我，恶狠狠地说："我要给你种颗种子，让你变胖，哪儿也去不了！"

我说:"等我去了土耳其回来,会安心和你一起要孩子。"

他一脸不信:"当初你去欧洲四国前就说回来给我生孩子,结果回来各种忙,后来说去英国回来给我生孩子,现在又说去土耳其回来给我生孩子。我不信了。"

"……"好吧,我也不知道,我在他这里怎么成了《狼来了》里的小孩。

之后,林知逸三番五次地对我说:"土耳其挨着叙利亚啊!""土耳其有介入叙利亚战争啊!""我们又不是战地记者,现在去土耳其凑什么热闹?"

而我呢,还是对星月王国土耳其念念不忘,不仅想去体验热气球之旅,想去博斯普鲁斯海岸边看夕阳,还想去看看我喜爱的作家奥尔罕·帕慕克笔下的世界。

有天晚上我赶稿,写困了倒头便睡,醒来,发现梦里谈了场浪漫的恋爱,嘴角都带着笑意。

林知逸拿着手机走过来说:"俄罗斯军机被叙利亚击落,土耳其那边现在去不太合适。"

我说:"好吧,那就不去土耳其了,反正我昨天在梦里去过了,而且还是和一个帅哥去的。好像不是你哦!"

"同床异梦啊!"他说,然后一脸鄙视地补充,"意淫谁不会啊?"

结果第二天,我的邮箱弹出一封邮件,我打开一看,是我、林知逸和欣宝三个人的电子签证!

看来某人是吃我梦里那位帅哥的醋了,想要和我去土耳其,用现实打败梦境。

我问"贪生怕死"的林知逸怎么改变主意,决定去土耳其了,他说:"我专门打了电话跟好几家旅行社确认,都说叙利亚战争不影响去土耳其旅行。"

瞬间泪目。

原来,他不是不想陪我去旅行,而是首先要确保我安全无虞。

(2)

我是因为他才来到伊斯坦布尔的,准确地说,我是为了和他的世界约会。

直到下了飞机坐上前往酒店的出租车,看到路旁建筑上的"ISTANBUL"字样,我才敢确认,我真的来到了作家奥尔罕·帕慕克所在的城市。

还记得读完他的书,掩卷沉思之余,我想的是:有生之年,我一定要去一趟伊斯坦布尔。有生之年想要做的事,没想到这么快就实现了。

到酒店办完入住手续，放下行李，林知逸往床上一倒："还是躺着睡舒服！"欣宝跑到阳台上："妈妈，楼下有只小猫哎！待会儿我们下去喂它好不好？"

"待会儿我们要出门，晚上回来再和小猫玩。"我边说边继续用 Google 地图搜索"纯真博物馆"。

地图上显示，从我们所住的酒店乘坐公交车过去，需要五十分钟。我又查看了纯真博物馆今日闭馆时间是下午六点。此刻是下午三点，就算到那边四点，参观时间也足够了。

我带上随我们一路颠簸的书《纯真博物馆》，叫上林知逸和欣宝："Follow me！（跟着我！）今天我是导游。"

"好啊，柠导。"林知逸响应我的号召，从床上爬起来。

对林知逸而言，去哪里并不重要，和我一起去哪里才重要。这一点深得我心。

事实证明，我做导游不太靠谱。先是乘坐了反方向的公交车，意识到不对劲后，我用蹩脚的英文和同车的小哥哥交流，发现他英文也不流利，便拿了英语问路卡，边比画边沟通，小哥哥这才建议我下车，去对面坐公交车。

"我们还是打车去吧。"下了公交车，林知逸建议。

考虑到人生地不熟，就算坐公交车过去也不一定能顺利找到，我接受了他的建议。

出租车穿街过巷到达目的地附近，司机说下车后往前走一会儿就到。下车后仍然不太好找，通过导航加上询问路人，兜兜转转，我终于找到传说中的纯真博物馆——一座位于小巷中的绛红色小楼。

"这座博物馆和世界上其他博物馆不同，这是第一座因为一本小说而诞生的博物馆，作家奥尔罕·帕慕克用十年的时间创作了这本小说，又用四年的时间创建了与小说对应的博物馆，让小说世界和真实世界无缝衔接。"我晃了晃手上的书，对林知逸讲解。

"柠导继续。"林知逸做了个请的手势。

我翻开其中一页，上面有句话我看的时候画了波浪线，我读给他听："纯真博物馆的大门，将永远为那些在伊斯坦布尔找不到一个接吻之所的情侣敞开。"

林知逸笑了："这作家还挺人性化的，想当年我们在学校谈恋爱时，确实连个谈情说爱的地方都难找，还要感谢操场边的那棵树。"

我也笑了，我想起了上大学的时候，我和他惯常亲吻的场所——夜幕降临后的操场。那里是校园情侣们谈情说爱的风水宝地。我和林知逸当时最佩服的是坐在主席台上卿卿我我的几对恋人，仗着夜色撩人，他们忘我地上演着亲吻、拥抱，甚至抚摸的戏码，表演得异常投入。

我和林知逸则占领了操场边一棵枝叶茂盛的树，把它作为我们幽会的根据地。相比别的情侣，我们算是比较含蓄的，我们经常停留在拥抱的阶段，只是偶尔接接吻。虽然操场上大多都是情侣，而且没有路灯，昏暗一片，但我们总保持着青春年少时的那份矜持和害羞。

时过境迁，身边牵着的那只手仍是十六年前牵的那只手，只不过从校园的路上走到了异国他乡的路上。

（3）

小巷尽头看似不起眼的红色小楼，却是我心中无可比拟的文学殿堂。

走向纯真博物馆的路上，我难掩内心的激动，仿佛是去和喜欢的作家赴约。

我把书递给售票窗口的工作人员，他在门票那一页的圆圈里盖了章——一枚红色的蝴蝶印章。然后，工作人员递给我一张门票。

林知逸一脸疑惑地看着这一系列操作，问我："还要带书才可以进去参观吗？"

"不带书也可以，你需要支付四十里拉的门票费。"我说。

林知逸只好掏钱买票。

"这是作家给读者的福利，凭书可以免费参观。"这一刻，我身为读者的自豪感油然而生。

将我盖过章的《纯真博物馆》与现实中的同名建筑合影后，我踏入了这座因小说而诞生的博物馆。

甫一进门，映入眼帘的就是钉满一整面墙的烟头，足以让人为之一震。墙的另一侧是电影剧照九宫格，场景略不同，但都是同样女人的手在往烟灰缸里弹烟灰。

一瞬间，我仿佛穿越到小说里。这整面墙的4213个烟头，是男主角凯末尔去女主角芙颂家吃晚饭的那八年间，积攒的她抽过的烟头。

博物馆内83个展区对应小说里的83个章节，第一个展区展出的是一只蝴蝶形状的银色耳坠。这是女主角和男主角欢爱后，掉落在蓝色床单上的那只耳坠吧？那只刻有她名字第一个字母的蝴蝶耳坠，他一直收藏着，舍不得还回去。

小说里的两个人在错的时间遇到彼此，互相爱慕却因为现实等种种原因错过彼此，此后男主角凯末尔终其一生收藏和心上人有关的一切物品，包括她的手帕、发夹、胸针、钥匙……凡是她触碰过的他都收藏，仿佛物品上附着了她的温度。这些物品在他看不见她的时光里，能缓解他爱而不得的痛苦。

"我们之所以会得到安慰，不是因为我们遇到了喜欢的旧物件，

- 小巷尽头看似不起眼的红色小楼,却是我心中无可比拟的文学殿堂。

而是因为时间的消失。"

因为这些物品,他的整个人生和她发生了关联,连在一起,超越时间和空间。

参观纯真博物馆,就像是在时光里流连漫步。

"参观者将忘记时间的概念。人生最大的安慰就是这个。"

这世界,最无情莫过于时间,但是,总有一些时刻,你会忘记时间的存在,好的博物馆如此,好的爱情亦如此。

遇上喜欢的人的目光,你会忘却时间。

因为喜欢一个人,有许多许多时刻,你希望时间可以静止。

然而,不可避免地,时间终将流逝,再美好的时光也会过去。那时候,回顾过去也是一种幸福,这些物品就如同开启回忆之门的钥匙,可以重温当时的美好时光。

如同我看着这些物品,可以重温阅读这本书时的感动。

恋物,迷恋的不是物品本身,迷恋的是物品寄托的情感、承载的回忆、忘不掉的故事。时间是无情的,物品的存在却可以让我们超越时间。

"这个博物馆,其实是个大型秀恩爱现场,秀给全世界的人看。"林知逸说。

我笑道:"算是吧。这世界绝大多数人为生计终日忙碌,难得有人把爱情当信仰。所以它才显得很珍贵。"

"爱情也是我的信仰。"林知逸看着我说。

"那你将来会为我们的爱情建一座博物馆吗?"我问他。

"不会。"他笃定地说,"因为你本身就是纯真博物馆。"

我的心为之一动。参观的时候,我还在想,如果我有一座以爱之名、收藏爱之回忆的博物馆,我会在里面收藏什么物品?是大二那年在学校西门散步时他戴在我手上的水晶手链,还是异地恋两年他写给我的信?是他第一次向我求婚时的戒指,还是结婚九年再次求婚时的戒指?

本来我还在默默遗憾,当年没有把异地恋时他来学校看我的火车票保存,也没把我们一起旅行的机票保存,现在经他这么一语点醒梦中人,我不由得释怀了。

因为他一直在我身边,所以我根本不需要那些物品来证明他爱过我的痕迹。我想要回忆过去的美好时刻,只要看他一眼就好,他就是我可以移动的纯真博物馆。

(4)

我去过法国巴黎的卢浮宫博物馆,也去过英国伦敦的大英博物

016 —

• 带着《纯真博物馆》来纯真博物馆打卡。

馆，但这一次参观纯真博物馆令我内心世界最为触动。

博物馆是个将时间和空间融合在一起的地方，可以穿越历史感受人类文明。那些宏伟丰富的博物馆会让人震撼，但毕竟展现的是人类宏观的历史，和我们距离有些遥远，反而是记录一个人生活故事的纯真博物馆，对生活本身更有参照意义。

我发现，去博物馆不再只是为了参观，更是为了感受，感受书中人物的喜怒哀乐；体会的不只是小说本身，更是他生活的那个世界。我可以切身体会到他所说的"我对芙颂的爱情，慢慢地蔓延到了她的整个世界，和她有关的一切，她所有的时刻和物件"。

仿佛自己不是旁观者，而是见证者，甚至可以是亲历者。

纯真博物馆收藏的不仅是关于爱的印记，同时也收藏了男主角关于他生活的这座城市的记忆，这是他一生的经历。

《纯真博物馆》是一个爱情故事，又不仅仅是爱情故事，作家只是从爱情的视角描摹人生，通过爱情这个切口折射一个人的一生。

大概因为这是一座凝聚一个人的一生的私人博物馆，才如此打动人心吧？

总会有某件物品会唤起我们自身关于美好时刻的回忆。好比音乐是相通的，人类的情绪和情感也是相通的。就算我没有生活在伊斯坦布尔，土耳其语也看不懂，但我看得懂物品表达的情感和情绪。

这些物品里承载着男主角对女主角的爱，承载着男主角过去的时光，这些是人类共同的语言。

博物馆的顶层展示的是一间小卧室和全世界各种语言版本的《纯真博物馆》。

书的末尾那句话"让所有人知道，我的一生过得很幸福"，特意用土耳其语和英语呈现在玻璃展柜内。

这真是向全世界秀恩爱，即便这个爱情故事在美好中透露着悲伤。

然而，正如作者所说——

"小说和博物馆的目的，不正是真诚地讲述我们的回忆，让我们的幸福变成别人的幸福吗？"

夜游博斯普鲁斯海峡

博斯普鲁斯海峡对我而言更多的是自由和快乐——航行在海上的自由,陪伴家人的快乐。

以往我们出国都是跟团游，这次林知逸报的是目的地参团，他说："这样我们更自由，上面说可以像当地人一样游览伊斯坦布尔。"

最让我有"当地人"感觉的是：以前我是乘坐旅游大巴的观光客，这次我是乘坐有轨电车的文艺青年，心情也更为放松。

我和欣宝靠窗坐着，林知逸站在我们旁边，一手抓吊环，一手帮我拿包。

窗外的风景一幕幕划过：躺在街心花园草地上酣睡的大黄狗，坐在窗台上45°角仰望天空的小黑猫，围绕着清真寺旁一座纪念塔一圈又一圈飞翔的鸽子……

来到陌生的城市，我带着好奇心重新打探这个世界，瞬间有了欣赏风景的闲情逸致。

大概旅行的意义，就是帮助我们找回好奇心，找回刚来到这个世界时的那份初心。

看着异域风景浮想联翩，到站后，地陪带我们去参观伊斯坦布尔著名的旅游景点。

圣索菲亚大教堂、蓝色清真寺、托普卡帕宫这些游人必打卡的地方，我们走马观花地参观了一遍。

由于对土耳其的历史一知半解,参观时只顾着观察建筑的细节,遗忘了这里曾发生过怎样惊天动地的故事。

根据行程,本来在傍晚时分去逛古老又热闹的大巴扎集市,无奈当天下午不开放。看我略有些遗憾的表情,地陪提议:"要不要晚上坐船游览博斯普鲁斯海峡,还提供晚餐。"

"大概多长时间?"林知逸问。

"晚上八点上船,游览时间三四个小时。"地陪说。

"那得十一点多才能结束啊……我们明天一早还要赶飞机去卡帕多奇亚,怕起不来。"

林知逸说完,问了我一句:"你想去不?"

"想啊!好不容易来一趟。"何况我喜欢的作家奥尔罕·帕慕克说过"伊斯坦布尔的力量来自博斯普鲁斯"。

"游船挺好玩的,船上还有土耳其风情舞蹈。"地陪趁热打铁。

"还有风情舞蹈?"林知逸的眼里有了兴致。

最终,我们达成共识:先回酒店休息一会儿,然后等车子来接我们去乘船。

游轮在博斯普鲁斯航行,夜幕笼罩下,海水黝黑而深沉,散发出神秘而迷人的色彩。

两岸的建筑亮起星星点点的暖黄色灯火,我们坐在靠窗的位置,欧亚大陆的夜色尽收眼底。

晚餐非自助,按人数分发,由土耳其开胃小菜和主菜组成,看起来十分精致。我和欣宝津津有味地吃着鱼排,林知逸则吃着小菜里的黄瓜和西红柿。他并非素食主义者,只是不爱吃鱼。好在后来又上来一盘土耳其烤肉,他才得以犒劳一下自己的胃。

我们正吃着晚餐,随着极具异域风情的音乐响起,游轮演出拉开了序幕。身材高挑的男性舞者戴一顶土黄色的高帽子,穿一袭白衣,披着黑袍走上舞台。表演前他脱去黑袍,张开双臂,右手掌心朝上,左手掌心向下,跟着音乐节奏不停地旋转。在他的旋转中,白色长袍转成一个大大的圆圈,犹如一朵盛开的莲花。

"这就是土耳其风情舞蹈吗?"林知逸疑惑地问。

"那你以为的土耳其舞蹈是什么?"我反问。

"我以为是美女跳肚皮舞之类的,没想到是帅哥转圈圈。"

这时,欣宝问我:"他转了这么久,头不晕吗?"

白衣舞者已经旋转了好几分钟,仍然面不改色,保持着最初的姿势旋转。

"台上一分钟,台下十年功。他一定是训练了很久才能做到这样。"我趁机给欣宝灌鸡汤。

"感觉这男士跳得很虔诚,好像有一种信念在支撑着他。"林知逸看着舞者说。

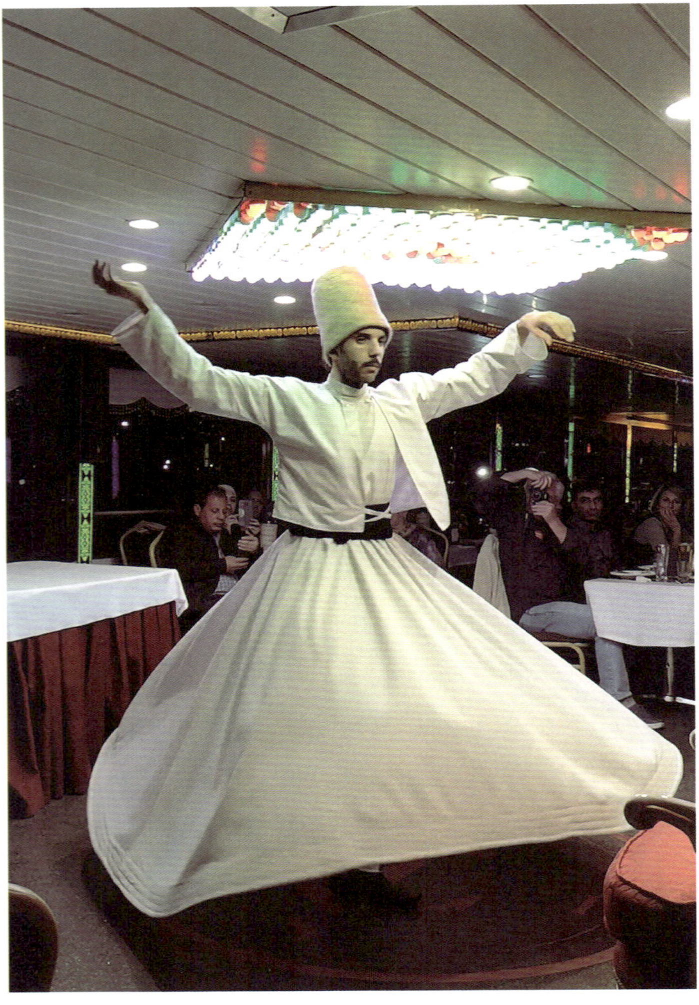

"当然,土耳其转舞不仅是一种舞蹈,更是伊斯兰教苏菲派大师鲁米创造的一种修行方式。这位男士上场时脱去黑袍意味着摆脱凡尘,不停地旋转说明生命是一场轮回,一年四季,生老病死,生命循环往复。"我说。

"你懂得还真多啊!"林知逸露出崇拜的小眼神。

"那是!"我才不会告诉你,我来之前刚刚请教了"度娘"。

游船外夜色撩人,游船内歌舞升平。

一场有关奥斯曼帝国时期的宫廷舞蹈结束后,进入了乐队演出的阶段。

音乐是无国界的,尽管歌手唱的是土耳其语,但是歌曲的旋律依然可以激发人们内心起伏的情绪。

起初,在乐队前方翩翩起舞的还只是将演出服换成便装的演员,渐渐地,就餐的游客们陆续加入其中,跟随音乐旋律舞动身体。

船上就我们一桌是亚洲人,东方人相对含蓄内敛,没有西方人放得开。我让欣宝上去跳,她扭动身体:"我不!"

我怂恿林知逸:"你不是节奏感挺好的吗?你上去跳啊。"

他说:"你跳,我也跳。"

我笑了,怎么有种 Jack 和 Rose "You jump, I jump(你跳,我也跳)"的意味?当然,他的话翻译成英文就是"You dance, I dance（你跳舞，我也跳舞）"。

就在此时，舞台上最帅气的那位舞蹈演员来到我身边，伸出右手，微笑着对我说："May I have a dance？（可以和我跳支舞吗？）"

我还没来得及反应，林知逸已经把他的手以迅雷不及掩耳之势搭在那位演员手上，说："Yes，please。（可以，请。）"

男演员表情微微一滞，但他随机应变的能力很强，将林知逸带到舞台上，手把手教他简单的舞步，然后两人一起跟着音乐节奏跳踢腿舞。

眼前这一幕，莫名戳中我的萌点。我几乎是全程姨母笑地看完了林知逸的海外首演。

邻桌当天有人过生日，奶油蛋糕点上蜡烛，一群朋友围着寿星唱生日快乐歌。

寿星是一位三十出头的男士，白衬衣外套一件马甲，典型的欧洲面孔上洋溢着笑容。

男士给在座的每一位分完蛋糕，也加入跳舞的人群中。先前表演节目的女演员换成便装依然美丽动人，男士伸出手邀请她共舞，她含着笑递上自己的手。

两人舞蹈时步伐配合得很默契，时不时相视一笑，完全不像初相识的两位陌生人。

窗外，被灯光点亮的欧亚大桥熠熠生辉，它将欧洲和亚洲连接在一起，也将被海峡分割的城市连接在一起。

舱内，或欢快或抒情的音乐交错响起，来自不同国家的人们聚在舞台上，仿佛相识许久的朋友一样，表情愉悦地跳着舞。会不会跳、跳得好不好是其次，被感染到那份快乐最重要。

音乐，是可以连接人与人之间情感的欧亚大桥。

欢乐的时光总是短暂的，在不间断的演出中，游船已航行了三个多小时。

压轴出场的是一位风情万种的金发女郎，蓝色带亮片的露脐小上装，搭配裙尾飘逸的紧身长裙，酷似小美人鱼。

当她随着音乐快节奏摆动腹部和臀部时，妖娆妩媚，万般迷人。

整个船舱里的焦点都是她，人们目不转睛地看着她，不时给她鼓掌。肚皮舞的魅力真是不同凡响。

我附在林知逸耳边悄声说："你要的土耳其风情舞蹈。"

他居然脸红了，不好意思地笑了笑。

我想，大概他是觉得当着老婆的面欣赏性感美女，有些害羞吧！

金发女郎跳着跳着，从舞台中央跳到了游客的餐桌旁，对着一位男游客跳舞，仿佛是那男游客的专属舞娘。

金发女郎跳了一会儿，男游客将小费塞进她上身穿的比基尼式文胸里，然后金发女郎还面带微笑地和男游客行了贴面礼。

我顿时瞠目结舌，外国人竟然如此开放？

我跟林知逸打趣道："待会儿她要是跳到咱们这一桌，你要不要给她小费？"

他站起身说："我想到甲板上看看风景。"然后拿起手机逃也似的朝外面走去。

我笑了，这不是典型的叶公好龙吗？之前还两眼放光地要看肚皮舞，结果有了和肚皮舞女郎亲密接触的机会，反而逃跑了！

在船舱内待了这么久，有些闷，我和欣宝跟着林知逸走到甲板上。

船离欧洲这一岸较近，有一座宫殿似的建筑坐落在岸边，整栋建筑被红色灯光点亮，不远处有栋气势恢宏的别墅，周身被黄色灯光照耀。视线再向右边移一点，是一幢被蓝色灯光笼罩的城堡。

这大概是昔日帝国遗留的豪宅别墅，透过它们可以观看这座城市的历史剪影。

因了五彩灯光，豪华建筑倒映水中，凝视着海面荡漾的斑斓光影，竟然有几分海市蜃楼的意味。

甲板上的风有些大，欣宝说："好冷啊！"

林知逸把她抱起来，用自己的外套裹住她，问她："这样还冷吗？"

她笑道："不冷了！"说着又把小脑袋往林知逸怀里靠了靠。

望着深不见底的海面,我问林知逸:"你知道博斯普鲁斯海峡除了指这片海域,还有什么引申的意思吗?"

"还指自由和快乐。"林知逸说。

我说:"还指女人的锁骨。"小说《英国病人》里,男主角迷恋女主角颈下的凹处,他将其命名为"博斯普鲁斯海峡",寓意着致命的诱惑。书中有句话让我印象深刻:"我会从她的肩膀跳进博斯普鲁斯海峡,将目光停留在那里徜徉休息。"

林知逸看了我一眼,说:"你的博斯普鲁斯海峡,我挺喜欢。"

"……"他倒挺会活学活用。

他继续说:"博斯普鲁斯海峡对我而言更多的是自由和快乐,航行在海上的自由,陪伴家人的快乐。"

夜晚的空气中带有寒意,我的心头却倏地一暖。

回到船舱后不久,近四小时的游船之旅接近尾声,舞台上的观众和演员恋恋不舍地道别。

刚下游船,发现天空不知何时飘起了细雨。

林知逸抱起欣宝,我撑着一把大伞,尽量将伞柄往他的方向移。

他说:"你这样容易被淋到。我背包里还有一把小伞,你撑开,这把大伞我自己拿。"

内心微微一动,这人总是不经意间就能打动我。

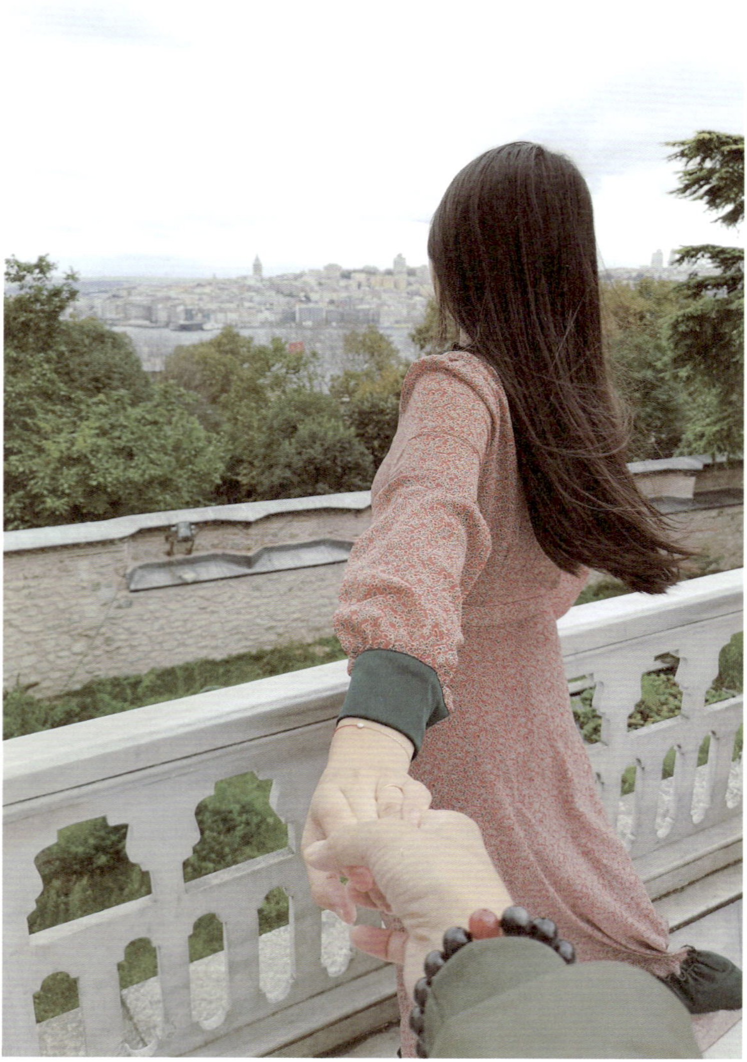

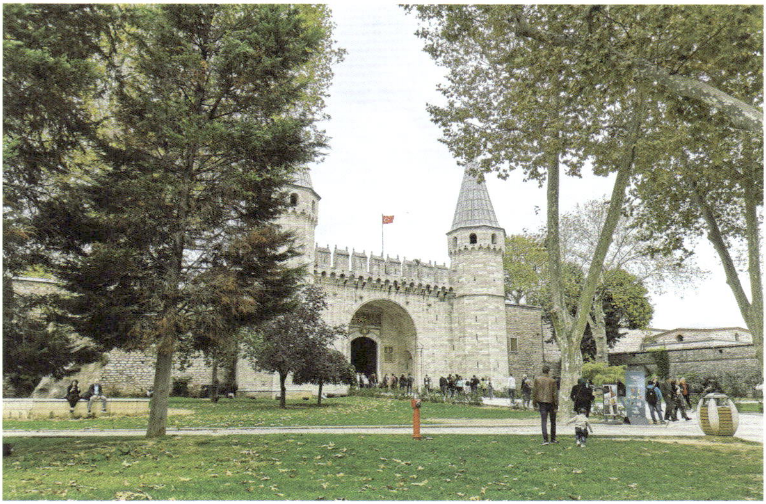

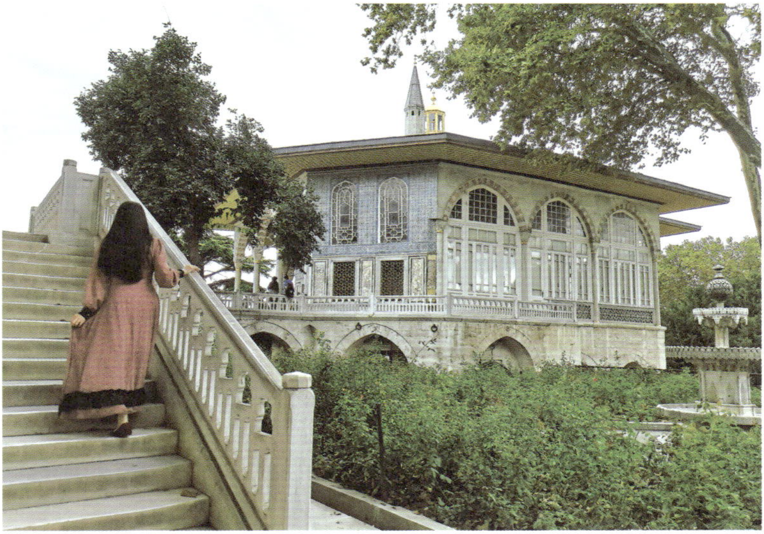

当我撑起另一把伞,发现不远处有对男女拥抱在一起,仔细一瞧,是先前跳舞的女演员及与之共舞的男游客。

　　细雨纷纷,他们没有打伞,旁若无人地拥抱着耳语,似在动情地说再见。许久,他们才分开。

　　我相信,哪怕日后天各一方,他们也会记得这一刻拥抱的温暖。

错过日落又错过日出

错过班机错过日落,错过热气球错过日出,错过想象中的所有浪漫,幸运的是,没有错过你,而你是我现实中所有的浪漫。

(1)

深夜，亮着橘色台灯的酒店房间，欣宝已抱着心爱的毛绒小牛熟睡，发出均匀的呼吸声。

我打开手机相册，翻到一张图片，指给林知逸看："两年前看到这张图片，我就开始幻想我们的热气球之旅。"

那是《和你在一起才是全世界2：么么哒》里的一张插图：五彩缤纷的热气球翱翔在蓝天白云之间，代表我们一家三口的三只猫咪乘坐着有小爱心点缀的热气球，林知逸拥着我，欣宝的高度刚够从藤筐中探出小脑袋，三个人的表情都很自在惬意。

看着这幅有爱的画面，林知逸不自觉地面带微笑，他说："很快就要梦想成真了。"

"是啊！卡帕多奇亚可是地球上最适合坐热气球的地方。"我满怀憧憬地说。

卡帕多奇亚因其独特的喀斯特地貌与月球表面相似，曾被美国《国家地理》杂志评选为"十大地球美景"之一。

我们明天将乘坐一早的航班从伊斯坦布尔飞往卡帕多奇亚，计划后天早上坐热气球看日出，想想都很向往。

"别激动了,赶紧睡觉,再睡几个小时就得起来赶飞机了。"林知逸说。

我按捺住雀跃的心情,在欣宝身旁躺下,拥着她温暖柔软的小小的身体,闭上眼睛。

林知逸关了台灯,在我身旁躺下,先是帮我掖好被角,然后拥着我入睡。

伊斯坦布尔略带寒意的雨夜,此刻却是无与伦比地温暖。

梦里,色彩绚烂的热气球在棕黄色的石柱森林上方腾空升起,越飞越高……

俯瞰下方,晨雾缭绕,怪石嶙峋的山谷仿佛蒙了一层面纱,看不真切,却多了几分神秘色彩。

"你怎么还穿着裙子啊?"身旁的林知逸说。

"穿裙子拍照好看啊!"我理所当然地说。

"忘记我给你发的攻略了?"

哦!我想起来了,来土耳其前,他给我发过一张土耳其攻略截图,大致意思是:在土耳其乘坐热气球降落的时候要注意,不要被揩油。最好不要穿裙子。因为坐热气球的筐很大,需要人扶着下来,而这个时候就容易被人袭胸。

我当时看完云淡风轻地说:"没必要给我看这个啊!"

"注意点啊,多看看无妨。"他说。

"我怕什么,我有老公抱,不用别人扶。你先下热气球,然后抱我下来。"我说。

"你关注的重点歪了,我是说坐热气球最好不要穿裙子。"

为了拍出大片的感觉,我还是忘记了林知逸的友情提示,穿上了黄色长裙。

"待会儿你先下来,你抱我就好了。"我说。

"现在起床早安吻都不管用了,还要抱啊?"一阵熟悉的声音,将我从睡梦中拉到现实里。

林知逸站在床边说:"快起床吧,不然赶不上飞机了。"

(2)

天刚蒙蒙亮,旅行社安排送我们去机场的车就已停在了酒店门口。

上了车,司机和我们确认,问我们去哪个机场。

事先我查过伊斯坦布尔有两个机场,分别位于欧洲和亚洲两边,而我们要去的是位于欧洲这边的阿塔图尔克国际机场。

于是,我十分自信地回答:"阿塔图尔克。"

许是伊斯坦布尔曾发生过恐怖爆炸案的缘故,机场安检提高了级别，进入大厅就要先过一次安检。

过安检的机器形状类似国内乘坐高铁过安检的机器，但要比国内的高出许多。想想待会儿林知逸要把塞满行李的两个超大行李箱扛上去，就不由自主地为他捏一把汗。

看着排队等候安检的队伍，再看看手表，距离飞机起飞只剩半小时，突然发觉时间有些紧张。

反正等着也是等着，不如问问机场工作人员，我们现在所在的机场是不是阿塔图尔克国际机场。

环视一圈，我发现只有一位穿着警服扛着枪的英俊帅哥，看着他的枪，我略有些犹豫。但为了确认我们要乘坐的航班是不是在这个机场起飞，我战战兢兢地走上前，指着手机上的航班信息，向他咨询。

他点头道："Yes！（是的！）"

终于吃了颗定心丸。

行李颇多，费尽千辛万苦才过了安检，赶紧找办理登机手续的值机窗口。

结果，来到土耳其航空窗口前，林知逸拿出航班信息和地勤人员核对时，她摇头，说我们不是在这里办理，指指旁边的过道，示意我们从旁边走，先直走，再左转，然后右转……

语言不通，加上时间紧急，我听得一头雾水，赶紧打电话向当地导游求助,把电话给地勤,让化们直接沟通。

沟通完毕,我们才知道,这里的窗口办理的是国际航班,而我们飞的是国内航班,得到另外一处办理。

我们推着行李一路狂奔,遇到岔路口会问人以免走错,终于找到正确的值机窗口。

我着实没想到,跑到这个窗口的距离差不多是两个航站楼之间的距离!

抱着"飞机可能会晚点"的最后一丝希望,递上护照,工作人员说:"你们的航班已经飞走了,你们可以办理改签。"

心咯噔一下,刚才几乎以百米冲刺的速度跑了,仍然没有赶上这趟航班!

按照工作人员的提示,林知逸去售票窗口办理改签手续。我负责照看欣宝、看管行李。

过了一会儿,林知逸喊我:"大柠,现在只有下午三点多起飞的航班了,赶不上傍晚的骑摩托车追日落,可以吗?"

"可以。"虽然有些遗憾,但今晚赶过去,明天早上能坐热气球看日出也好,那才是此次卡帕多奇亚之行的重头戏。

"爸爸自己改票就好了,为什么还要问你啊?"欣宝疑惑不解地问。

"因为,家里我说了算。"喧闹的机场也掩饰不住我言语间的骄傲。

"不不不。"她把头摇得像拨浪鼓。

"那谁说了算?"轮到我疑惑。

"我说了算!"欣宝拍拍自己。

我笑了,小小年纪就想争夺话语权,有前途!

(3)

在机场的咖啡店里点了两杯土耳其红茶,就着糕点,看看书,聊聊天,时间一晃就到了登机时间。

上了飞机,才知道改签后,我们从经济舱升级成了头等舱。原来,刚才改签时加收的五百多元是两者之间的差价!我还以为是不同航班之间的差价。

在靠窗的位置坐下,发现不知何时下起了雨,舷窗上挂满了雨滴,玻璃变得一片朦胧,窗外的风景隐隐绰绰。依稀可见机场上等待起飞的几架飞机,飞机后面是橙蓝相交的天空,大约橙色是太阳留下的倩影。

雨水模糊了天空和地面的界限,天与地连成一片,仿佛舷窗勾勒出的一幅唯美画面。

欣宝出神地望着窗户,大概也被这雨幕笼罩玻璃窗的独特景象吸引住了。

不一会儿，空姐将飞机餐送到我们面前，餐点有三文鱼、切好的烤肉块、蔬菜沙拉和小面包，再配上一杯橙汁，看起来色香味俱全，就连平常对吃饭了无兴趣的欣宝都拿起刀叉开始开心地用餐。

"妈妈，我们下次还迟到吧！"吃完饭，欣宝对我说。

我十分不解："为什么还要迟到？"

"因为可以坐头等舱啊！还可以吃美味的食物。"欣宝心满意足地说。

我哭笑不得。这还不是因为没赶上飞机，经济舱的票已售罄，才坐上头等舱的吗？

随着飞机起飞，困意来袭，醒来时，飞机已在卡帕多奇亚上空。透过舷窗望过去，底下是光秃秃的土黄色山丘，全然不同于伊斯坦布尔上空望见的大海和城市相依的景致。

这里是晴天，恰巧赶上夕阳西下，天空已被晚霞染红。

我对林知逸说："要是今天不错过飞机，现在我们大概在骑着摩托车看日落吧？那多浪漫啊！"

林知逸说："在飞机上看日落，不是也很浪漫？"

也对哦！从高空看日落又是另一番体验。何况，身边有喜欢的人陪伴，本身也是一种浪漫。

(4)

第二天一早，闹钟响起的时候，我正躺在卡帕多奇亚洞穴酒店[①]的床上。

叫欣宝起床是场持久战，我先是戳戳她的手臂："该起床啦！"她没反应。

"我先去刷牙洗脸，等我洗漱完，你再起床好吗？"我采用"迂回战术"。

她点点头，仍然闭着眼睛。

"欣宝，今天我们要去看日出，就像在月球表面看日出哦！"林知逸在一旁配合。

"是坐热气球看日出吗？"欣宝忽然来了兴致，睁开眼睛问。

我和林知逸都沉默了一下。

来土耳其坐热气球原本是我们此行的必备项目，也一直心心念念。然而……昨晚临睡前，旅行社发来消息说，因风速问题，热气球无法飞行，会将费用退还给我们。

"导游说今天的天气不适合热气球飞行。"我还是说出了这个残酷的真相。

[①] 类似希腊圣托里尼的酒店，根据地理位置取名"悬崖酒店"，这里也因地理位置取名"洞穴酒店"。

"唉,我本来还想在空中玩'跑酷'呢!"欣宝的眼神中闪过一丝失落。

"没关系!我们可以坐摩托车跑酷,爸爸待会儿带着你,保证比你游戏中的马跑得还要快!"林知逸说。

"好啊好啊!"欣宝又雀跃了,小孩子就是这么容易满足。

"那坐摩托车的话,你带我,妈妈怎么办呢?"欣宝问。

"你妈自己骑摩托车。"林知逸说。

"对!我可是有驾照的人!"我开始想象自己骑着摩托车在神奇的格雷梅小镇迎着朝阳升起的方向奔驰,看起来英姿飒爽的拉风模样。

时间尚早,推开门走出酒店,东边的天还是灰蒙蒙的。灰色云层笼罩天空,唯天的尽头透出一丝亮光。

附近是另一家洞穴酒店,最引人注目的便是那烟囱似的屋顶,恰巧一盏亮着的路灯与之相望,不仔细看,仿佛那路灯是挂在天边的一轮圆月。

"我觉得那幢房子好像女巫温妮住的城堡。"欣宝也在研究眼前的建筑。

"确实像。"我附和道。

拥有烟囱屋顶的石头房子,加上路灯似黑夜中的月光,怎么看怎么都带点神秘气息。

灰色云层渐渐从天边散去,天空变成近乎透明的蓝。不多时,大片橙红色云朵涌现天边,伴随着又出现的灰云。这景象似天空在燃烧,却美得令人内心震颤。

我被大自然即兴泼墨般的画卷迷住了,眼睛一眨不眨地盯着天边灿烂的朝霞。

这时,欣宝说:"太阳都快出来了,为什么我们的摩托车还不来?"

我看了看表,发现来接我们骑摩托的人已经迟到了半小时之久,林知逸立即和旅行社联系,对方说正在和摩托车公司沟通,他们待会儿就到。

"待会儿"又是半小时之久。

在这期间,天边云层从火烈鸟般的艳红变成橙子般的亮橙,最终,太阳挣脱云层的束缚重现人间,天色大亮,蓝色天空飘着悠悠白云。

在这期间,我看到两只鸟儿从一棵树上飞到电线杆上,再从电线杆上飞到另一棵树上,悠闲自在。

在这期间,欣宝荡完庭院里的木制秋千,又爬到露台上去荡铁制秋千,然后仰躺在秋千椅上哈哈大笑。

在这期间,小狗在庭院里怡然自得地散步,我和林知逸漫无目

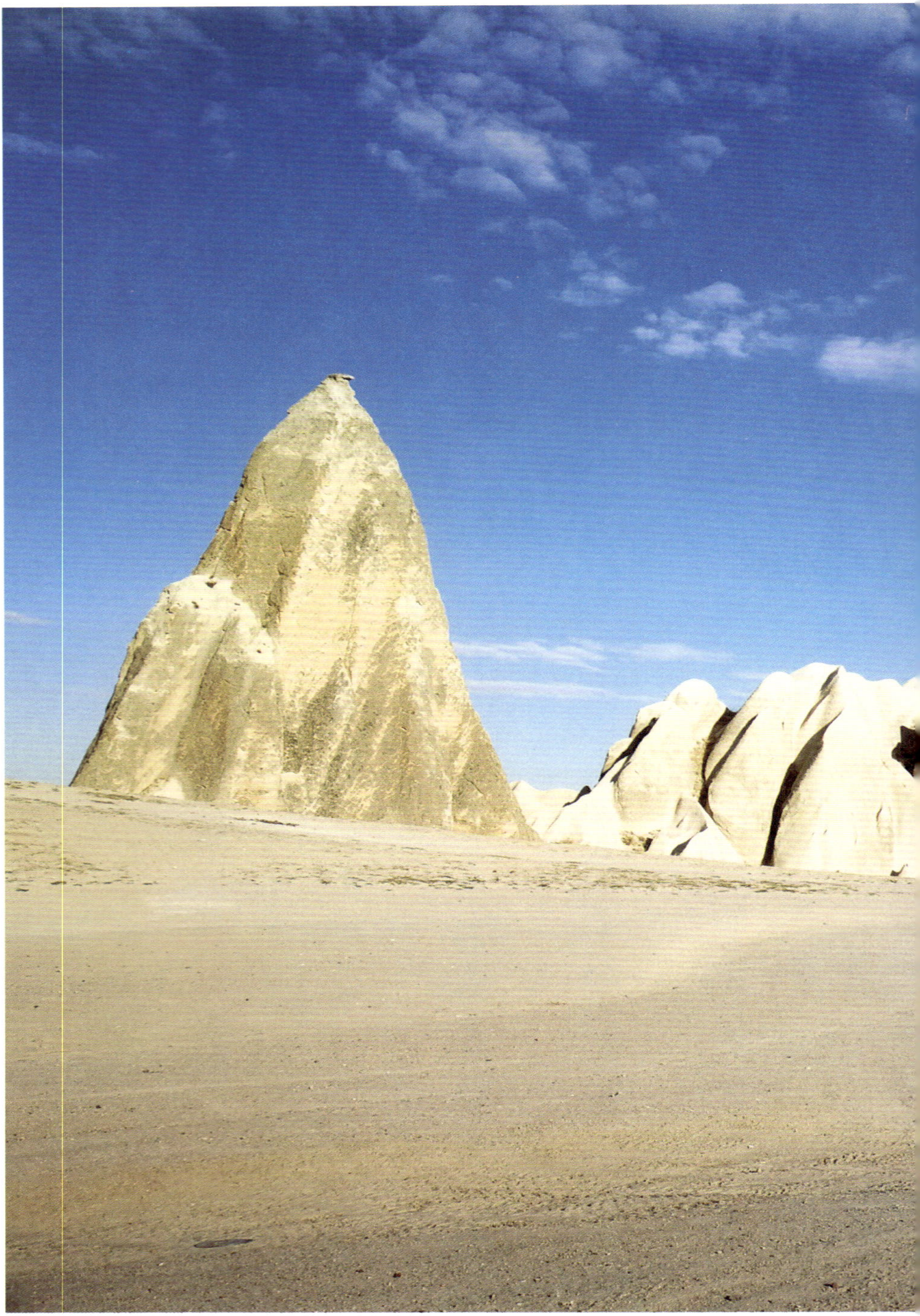

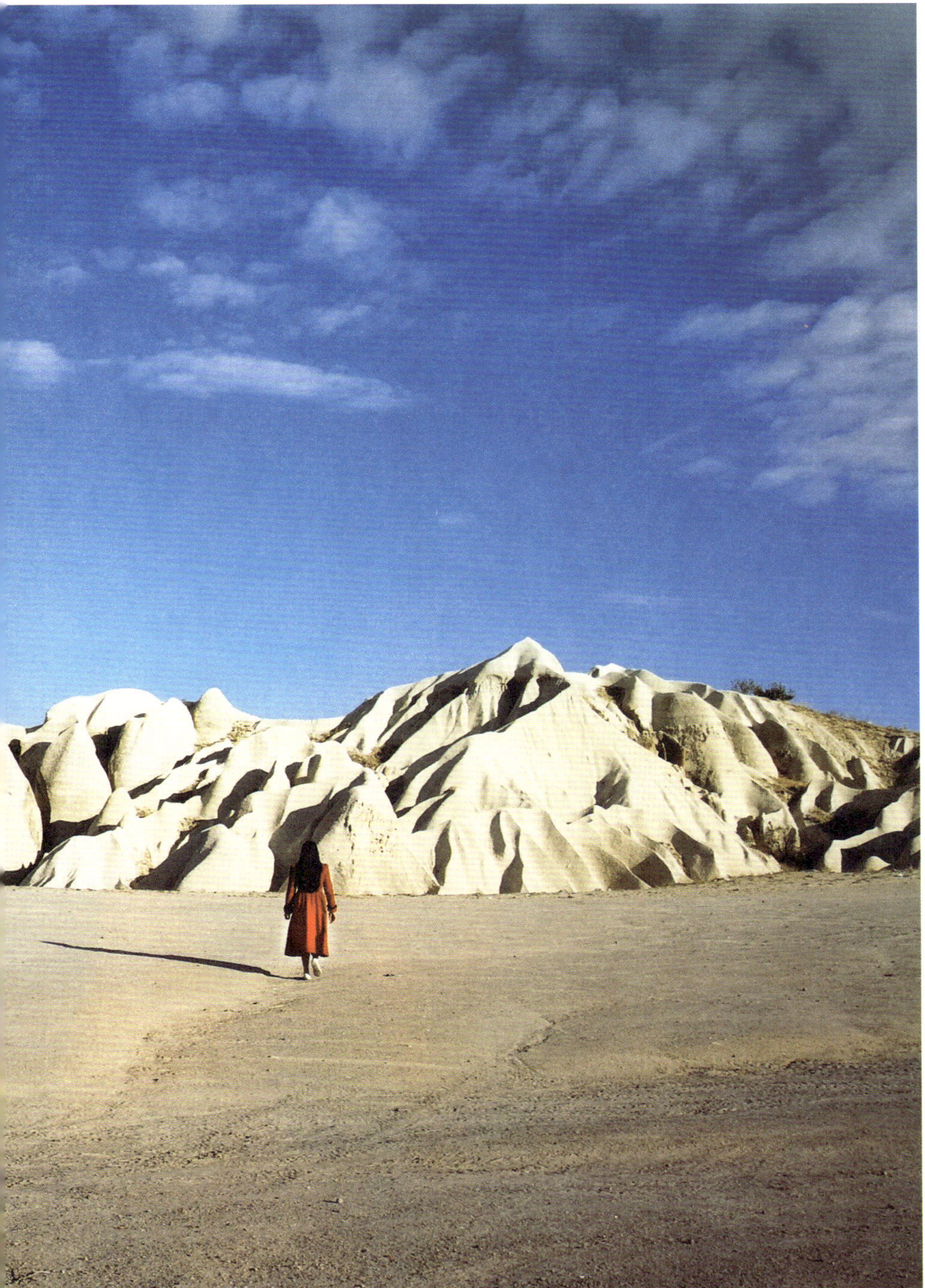

的地聊天。

由于我们住在洞穴酒店，里面铺着土耳其地毯，颇具原始风情，我对林知逸说："其实，我们可以像山顶洞人一样愉快地生活。"

林知逸"喊"了一声说："在原始洞穴里能生活不假，愉不愉快就不清楚了，你想啊，没有微博、没有微信、没有手机、没有Wi-Fi，甚至都没有书，天天钻木头玩吗？"

"好吧，要是连书都没有，貌似不能忍。"我接着说，"我觉得对作家而言，读万卷书重要，行万里路更重要，古今中外那些作家都是走遍千山万水，如果梭罗不去瓦尔登湖就写不出《瓦尔登湖》，彼得·梅尔不去普罗旺斯就写不出《普罗旺斯的一年》，三毛不去撒哈拉就写不出《撒哈拉的故事》。"

"这倒是。"他点头，"不过厉害的文学家，日常生活的地方也能成就他，你喜欢的奥尔罕·帕慕克不就是家乡伊斯坦布尔成就了他？"

"条条大路通罗马，有人一出生就在罗马，不管是天赋、兴趣还是环境。这是他的幸运。对于我这种爱好写作的普通人，还是要多走走多看看的。三毛说'读书多了，容颜自然改变'，我觉得走的路多了，容颜也会改变。读过的书、走过的路都潜藏在气质里。"

"卡帕多奇亚这些怪石嶙峋还是别体现在容颜上，不然像月球表面多不好看。"林知逸说。

"……"不能愉快地聊天了。

（5）

终于，摩托车公司的小哥在天色明媚时来到酒店门口，把我们接到骑摩托车的地方。

这种摩托车不同于平常见到的那种两轮摩托，全称叫"ATV四轮摩托"，更适合越野，看起来很拉风。

教练小哥骑了一辆在前面带路，林知逸带着欣宝跟着他，我也骑了一辆尾随其后。

奈何，我虽然拿了驾照有三年之久，平常都是林知逸开车，我没有练习的机会，操控起这四轮摩托十分不熟练，以至于教练小哥一脸质疑，和林知逸确认："她的驾照是自己考的吗？"

林知逸笃定地答："当然。"

我以为我开起摩托车会风驰电掣，结果像蜗牛一样慢吞吞地跟在最后，林知逸还时不时停下来等一等我。

"妈妈，你能不能开快点？"欣宝说。

"匀速控制好油门，不要一下子刹车一下子猛加油。""老司机"林知逸指导我。

048

"好的。"我努力回忆在驾校学习的所有知识,希望此刻能有用武之地。

然而,教练小哥对我没有足够耐心,他对我的开车技术一脸嫌弃,让我把车放到一边,坐他的车。

"她可以的!她可以的!"林知逸一个劲儿地说,也不知道他从哪里来的对我的自信。

我又尝试开了一会儿,最终还是选择坐上教练小哥的车。这样也好,不用花心思在开车上,可以专心欣赏周围千姿百态的石柱森林。

摩托车在一处高地停了下来,在这里可以俯瞰整座格雷梅小镇。想来,这里应该是清晨观日出的最佳位置。

尽管此刻天空背景并非日出时的瑰丽,但仍不影响眼前景色的壮观:近处是酷似蘑菇、尖塔、烟囱一样的石笋,远处是蜿蜒数十里的连绵山峰。这里的山峰并不高,但因形状奇特,会令人忍不住感叹大自然的巧夺天工。

神奇的是,还有一块耸立的酷似玫瑰花苞的石头,旁边写着"玫瑰谷",一瞬间就使人感觉这里多了几分浪漫。

回去时,照样是我坐教练小哥的车,林知逸带着欣宝。欣宝坐在他车子的前面,看着他俩头戴安全帽和口罩骑在摩托车上的样子,没看出来酷,却莫名觉得有种萌萌的爱意。

（6）

回到酒店，林知逸对我说："回去后你还是找时间练练车吧。"

我不解地问："为什么？你不想当司机了？"

他说："练练车技，下回你就可以自己骑四轮摩托了。"

我笑了。这才恍然大悟，原来他不想让我坐教练小哥的车啊，难怪刚才一个劲儿地说"她可以的"。

有人说，到土耳其不坐热气球等于没来过土耳其。曾经，我也这么认为。可惜，这次不仅没能坐上热气球，还错过了航班，错过了骑四轮摩托追日。

我对林知逸说："现实中很多事情，都是现实没有想象美好。就像我们这次没坐上热气球，也没能骑着摩托车像夸父那样追日。"

他以为我是在表示遗憾，安慰我说："没关系，现实和想象的落差，我来给你填补。"

我笑着看他："现实往往不如想象美好，唯有和你恋爱，现实比想象更美好。"

错过班机错过日落，错过热气球错过日出，错过想象中的所有浪漫，幸运的是，没有错过你，而你是我现实中所有的浪漫。

这辈子做的最疯狂的事

人的一生如沧海一粟、星辰一瞬,何其短暂。这一生,总要做一次既疯狂又浪漫的事,才算不负这人生旅程。

如果说坐热气球是卡帕多奇亚的小镇格雷梅的必玩项目，那么玩滑翔伞就是地中海沿岸小镇费特希耶的必玩项目。

大概每个人心中都有一个飞翔梦，所以莱特兄弟发明了飞机，希腊神话中有飞马，连欣宝小朋友都渴望长双翅膀像鸟儿一样飞翔。

刚好坐热气球和玩滑翔伞都能让人在空中遨游。但热气球项目对风速、气流等天气因素要求极高，我和林知逸就因天气原因错过了热气球，来到费特希耶就不想错过滑翔伞。

本想让旅行社帮忙调整在格雷梅多待一天坐上热气球，结果旅行社说后面的行程都安排好了不能更改，只得作罢，乘坐了一晚的巴士从格雷梅来到费特希耶。

之前对于玩滑翔伞我本来犹豫不决，毕竟这种极限运动对我这个"体育渣"而言，以前连想都不敢想。

但是玩滑翔伞又是费特希耶最有特色的体验项目，如果不玩一趟，都对不起我坐一晚上巴士过来的奔波辛苦。

然而，事情没有那么顺遂。

当我下定决心要玩滑翔伞时，旅行社却说滑翔伞项目位置爆满，订不着了。

我安慰自己,订不上就订不上了吧,带欣宝去海滩玩玩也是好的,刚好圆下"这个夏天要去趟海边"的小梦想。

当然,没订上滑翔伞,心里是有些遗憾的。毕竟来土耳其,热气球和滑翔伞都是标配。

都没玩成,我对欣宝说:"我来趟土耳其,别人问我,你玩热气球了吗?没有。你玩滑翔伞了吗?也没有。我一定是来了个假的土耳其。"

"不!你明明是来了真的土耳其!看到了很多可爱的猫啊!"欣宝一边玩着从格雷梅带来的热气球玩具一边说。

她倒没因没坐上热气球感到遗憾,在卡帕多奇亚地下城钻各种山洞、在鸽子谷喂鸽子、在路上邂逅小猫,她都一脸惊喜。

或许留下遗憾是为了下次有再来的理由吧,我想。

这时,出去买水的林知逸回来了,他说:"快准备准备,十二点有人来接我们。"

"接我们做什么?去海滩?"我说。

"去玩滑翔伞。"他平静地说。

"啊,你居然订上了?!"我特别兴奋,抱住他,"老公,你太厉害了,你是怎么做到的?旅行社都说订不着了,你居然订上了!"

然后问欣宝,"爸爸是不是很厉害?"

"爸爸很厉害!"欣宝附和。

"你们这一唱一和的,夸得我都不好意思了。其实不是我厉害,是酒店老板厉害。他问了好几家滑翔伞公司,终于有一家还有位置。"说完他敦促我们,"赶紧地,把夸我的时间省下来做准备,别待会儿去了吓得不敢上去。"

"妈妈,待会儿我会为你加油的!"欣宝说。

"好的,我的啦啦队队长。"我和她击了下掌,也是为自己鼓劲。

到了滑翔伞公司,因为要留下一个人照看欣宝,老板问谁先飞,我推出林知逸:"He first。(他先飞。)"

总要有个人帮我探路,我才更有勇气尝试人生中第一次极限运动。

当林知逸落地后,我问他:"感觉怎样?"

他异常平静地说:"感觉很好。"

咦?不对啊!刚刚那个下来的男生说他都快吐了,还向我们几个等待起飞的人传授经验,说:"你全程看摄像头就好,看下面你会晕。尤其是旋转的时候。"

有同伴说:"那我就让教练不要旋转。"

光是想想那场面就觉得恐怖,乘着滑翔伞在高空飞本就需要胆量，还要 360° 旋转几圈，这不是跳空中芭蕾吗？简直是玩命啊！我才不要!

我问林知逸："好玩吗？"

他说："好玩啊!"

"看下面你晕吗？"

"不晕。风景很美。"

"转圈的时候你也不晕？"

"不晕，我还让教练再来了一次。"

"……"怎么他和那男生的感受完全不同？我到底应该相信谁？

我和几个同伴跟着教练们一起乘坐巴士去往巴巴山的跳伞基地，一路上巴士沿着蜿蜒山路向上爬行，越爬越高，右侧就能看到山脚的房屋和大海。有同伴说："感觉在悬崖上开，好恐怖！"

大概有过和林知逸一起登泰山十八盘、爬庐山险峰、玩莫赫悬崖的经历，在这么高的地方俯瞰下面，竟然毫无恐惧，内心还有着莫名的安宁。

看着窗外风景，忽然想起了让我安心的源泉：林知逸。

我想来北京闯荡，他就来北京；我想要去土耳其，他就带我来；我想要玩滑翔伞，他也陪我玩。

《泰坦尼克号》里 Jack 对 Rose 说："You jump, I jump.（你跳，

056

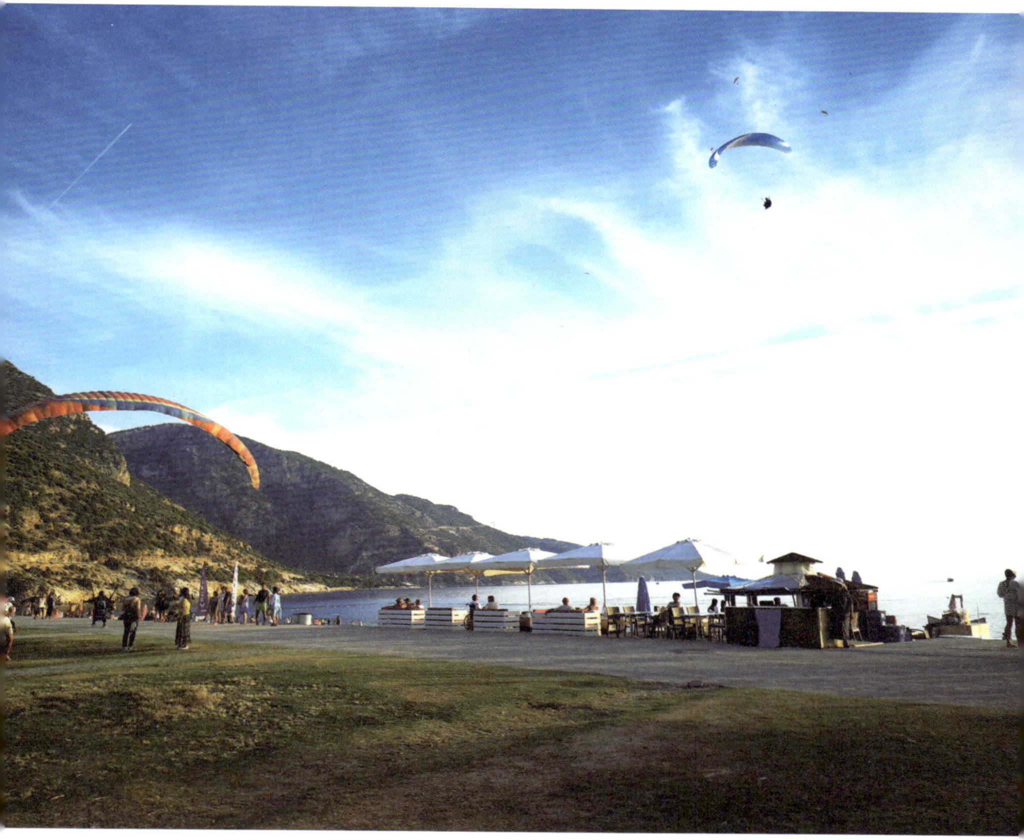

我也跳。）"

现实里，林知逸和我不就是"You fly, I fly（你飞，我也飞）"？

想着想着，我忍不住会心一笑，紧张的情绪不知何时消失殆尽。

玩滑翔伞的教练是在手机屏幕上抽签选的，我是第二个选的，我就选了第二个，巧了，刚好是我看着最顺眼的教练。

林知逸说他刚才上山的时候山上还云雾缭绕，此刻云层散去，阳光普照山川碧海，向下眺望，景色煞是壮丽。

教练帮我戴好装备，我张开手臂，带着些许紧张，但更多的是翱翔在这壮丽河山之上的期待。

一切起飞工作准备妥当，教练带着我沿着滑坡跑了几步，很快，滑翔伞在风的带动下展开伞翼，我们随着这巨大的伞翼，从1960米高的巴巴山一跃而下，忽地，身体悬空，飞了起来。

随着我身体起飞的是我的心，有一种前所未有的自由自在的感觉，那感觉让我忍不住叫着："I can fly！（我会飞了！）""It's amazing！（太令人惊奇了！）""I feel pretty good！（这感觉太棒了！）"

当我可以像鸟儿一样在云海之上翱翔时，我根本来不及紧张害怕，只顾得上为眼前美景惊叹。

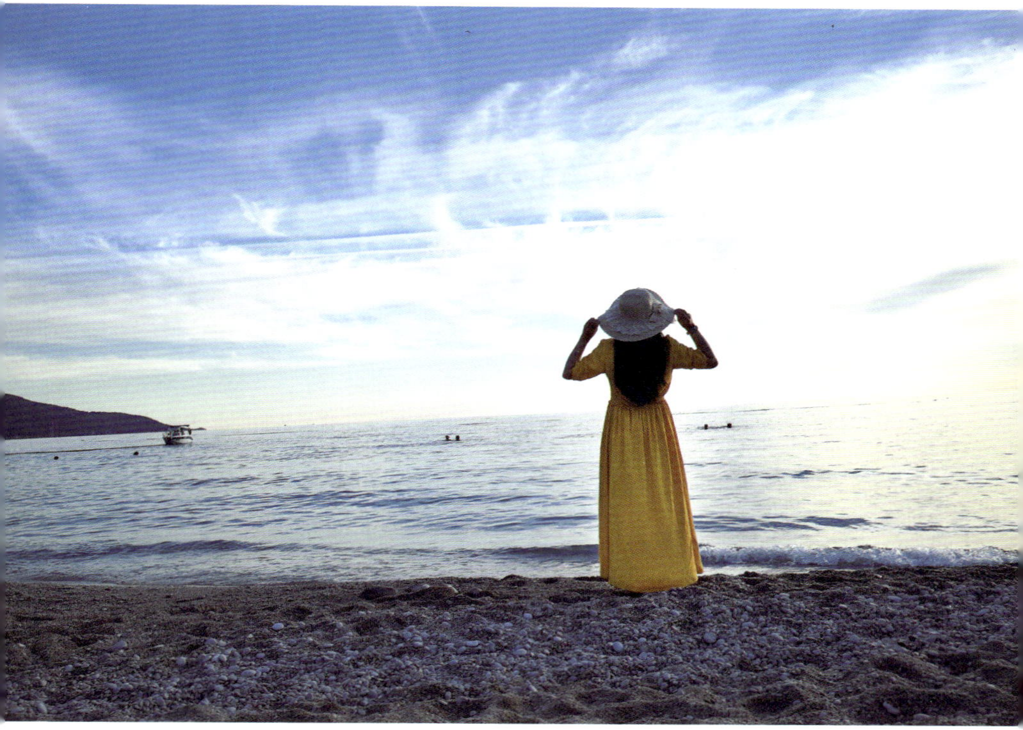

从高空俯瞰，整条海岸线风景尽收眼底。

这片大海是地中海的一部分，因其被群山环抱，海面波澜不惊，平和静谧，被叫作"土耳其死海"。

此刻，宝蓝色海面被阳光映照得波光粼粼，绿树环绕的山川似翡翠镶嵌在海面，五只白色木帆船一字排开，仿佛点缀翡翠的珍珠项链。错落有致的红顶房屋散布在山谷间，这是带着烟火气的大海山川人家。

大概上帝每天都在欣赏这无与伦比的壮美景色，才如此眷恋人间，善待地球上的人类。

一边飞翔一边欣赏美景的感觉十分酷爽，我也明白了为何人类渴望飞翔。

飞得低一些时，教练指着前面正在玩空中旋转的伙伴，问我要不要尝试，我说："OK, I want to try.（好啊，我想试试。）"

结果，当教练带着我360°旋转了三圈后，我真的有种"自作孽不可活"的感觉，简直天旋地转，每次向下旋转时，我都感觉自己要掉到大海里了。于是，在教练问我感觉如何时，我说："It's too crazy!（太疯狂了！）"

他问我要不要再来一次，我毫不犹豫地说："No!（不要了！）"

林知逸有一半说得对，确实很好玩；那个男生也有一半说得对，确实旋转时很晕。

同一件事，每个人经历都有不同的感受。只有自己亲自经历，才能深刻体会。

毕竟，有些路只有自己走过才会懂得，有些事只有自己经历才有发言权。

以前我不理解为什么那么多人喜欢极限运动，现在明白了，因为有种不可言喻的快乐和自由。而追求快乐和自由不就是生活的意义吗？

当我安全抵达地面，回味起这一切仍然觉得意犹未尽。

"上九天揽月，下五洋捉鳖。"我以为这只是梦，但是当我乘着滑翔伞在大海上空翱翔时，真的有这种极致的生命体验。

这种体验大概是我生平做过的最疯狂的事了，因为和林知逸一起做，这疯狂中又带着些浪漫。

人的一生如沧海一粟、星辰一瞬，何其短暂。这一生，总要做一次既疯狂又浪漫的事，才算不负这人生旅程。

棉花堡的千年温泉

千年时光倏忽而过,时间能摧毁曾辉煌一时的建筑,却摧不毁人们热爱生活的信念。

"你见过盛夏时节的雪国吗？"此刻，我们在费特希耶一家叫"Blueberry"的酒店，窗外是夕阳下山后的灰蓝天空。

"没见过。"林知逸说。

"明天我们要去的地方就像雪国一样美。"我把我搜集到的关于棉花堡的照片拿给他欣赏。

这是一片大自然雕琢的白色城堡，层层叠叠的雪白半圆形阶梯沿着山坡蜿蜒而下，形成纯天然的棉花梯田，看起来圣洁又美好。

"这哪里是雪国？这简直是仙境。"林知逸感叹。

确实像仙境，白色梯田中盛放着流淌了千年之久的奶蓝色温泉，就仿佛是上好的白玉盘里装满了琼浆玉液。

"所以棉花堡才会成为网红打卡圣地。"我说。

"棉花堡是棉花糖做成的城堡吗？"欣宝凑过来问。

"哈哈，你就想着吃。虽然棉花堡不能吃，但是很好看，你会喜欢的。"我笑道。

第二天抵达棉花堡的时候日光正盛，炎炎烈日下，棉花堡就好似满山覆盖着皑皑白雪，又似大朵大朵的棉花缀在山坡。

或许因为年月已久，这棉花已有些泛黄，和我在照片上看到的不太一样。

更不一样的是，照片是在无游客的时候拍的，此刻，棉花堡已被络绎不绝的游客占领。

"有时觉得人迹罕至的地方才叫风景，游客一多，感觉风景的气质都变了。"我不禁感慨道。

"仙境变成人间的温泉池，现实中的棉花堡很接地气。"林知逸素来随遇而安。

温泉池水深浅不一，有人在浅水区漫步，有人在深水区边泡温泉边晒太阳，还有人干脆把温泉池当成了游泳池。

"不过，眼前这幅画面倒是蛮有烟火气息，世界各地的人一起围着温泉晒太阳，感觉地球村热热闹闹的，挺好。"

"是挺好，你还可以看欧洲帅哥的腹肌。"林知逸看似云淡风轻地说。

"……"我确实看了一眼那个身材很好的金发帅哥，只看了一眼，怎么就被林知逸发现了呢？

"你不也可以看比基尼美女的身材？"

"我没看，看你就好。"某人把视线移向我。

那个金发的比基尼美女就在腹肌帅哥的旁边，他没看才怪呢！

"我要下去玩。"欣宝才不管帅哥美女，只管要和温泉亲密接触。

我们脱了鞋,光着脚踩进去。温热的池水轻抚脚踝,正想感慨"这真是上天给旅者的恩赐",孰料没走几步,脚底就传来钻心的疼。

原来,这温泉水底下的石灰岩地面带有纹路,每走一步,就仿佛小美人鱼在行走。难怪刚才听到有人边走边"哎哟哎哟"地叫了。

"你站到那边,我给你拍照。"林知逸说。

"这里都是人,怎么拍啊?"

"你站在那里,我从这个角度拍,拍对面的天空和山,没有人。"

我提着裙摆,小心翼翼地前行,生怕被石灰岩的花纹划伤脚。

林知逸大概是看我像蜗牛一样往前挪,嫌我太慢,他走过来牵着我的手,做我的拐杖,带着我往前走。

"你不觉得在这水里走感觉很疼吗?"看着他面色淡定,我问道。

"还行,刚好做足底按摩。"

"那是因为你皮糙肉厚吧。"

"脸皮不厚就行。"

我笑了,这回他真成行走的段子手了。

白色若棉花的山谷下,是奶蓝色的温泉池,那种蓝,像是上帝不小心打翻了牛奶罐。

关于棉花堡,有一个美丽的传说:从前,有位叫安迪密恩的牧羊人,他为了与希腊月神瑟莉妮幽会,忘记了挤羊奶,于是羊奶恣

066

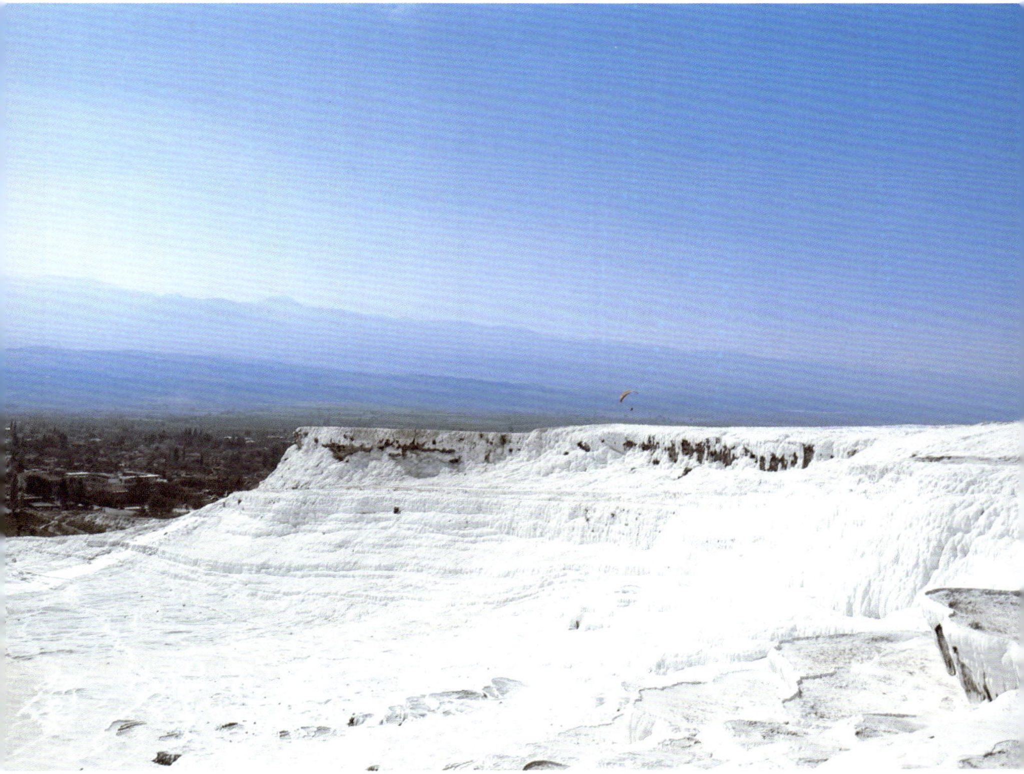

意流淌，覆盖了整座丘陵，从而凝结成了今天的棉花堡。

一处风景因为一个传说，仿佛有了生命力。从此，棉花堡不再只是一片山丘，也是见证爱情的纯白领地。

人们素来如此，喜欢给大自然的风景加以自己的理解，编造属于风景的故事。这样，地球上的山丘就有了人类的气息，有了历史的温度。

棉花堡吸引游客不仅因为其纯白童话般的地貌，还因为山顶有座建于公元前2世纪的罗马古城希拉波利斯。

如今，古城已成一片废墟，残垣断壁七零八落地躺在广袤的土地上，显得格外寂寥。唯有海尔保利大剧场保存较完整。这是一座依山而建的大型露天圆形剧场，据说可容纳15000名观众。

我坐在古罗马剧场的台阶上，望着对面保存良好的石柱门，再看看不远处的废墟，有种时空交错的感觉。

我隐约看到此地鼎盛时期的繁华，又看见这繁华随着年深月久日渐凋零。

当年的罗马贵族们在这里看剧娱乐，在这里泡温泉，在这里过着声色犬马的日子。然而，时光远去，繁华不再，昔日的辉煌湮灭在历史的烟尘中。

时间之浩渺，人类之渺小。一场战争，一次掠夺，一次天灾，

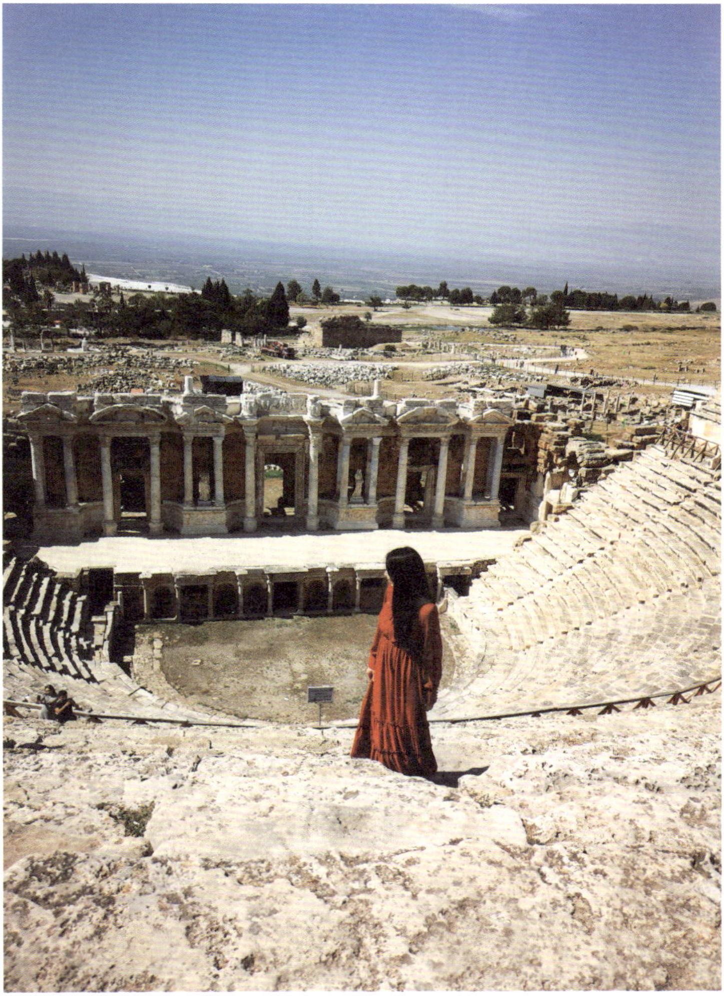

070

就可以轻而易举地将人类努力创造的辉煌毁于一旦。

看着两千年前人类建造的伟大建筑，我越来越感觉人生如梦。好像我们就是上帝书写的脚本里的一个小配角，而置身梦中的我们总希望自己能成为主角，不甘沦入庸常的生活。

下山时，看到在古董温泉池里泡温泉的人们，热气腾腾的感觉将我从历史拉回现实。

尽管时光雕刻了一切，尽管繁华古城已成废墟，但那千年的温泉依旧在汩汩流淌。就如同有时生活不尽如人意，但是人们对美好生活的向往始终不会改变。

千年时光倏忽而过，时间能摧毁曾辉煌一时的建筑，却摧不毁人们热爱生活的信念。

Chapter 2

以爱之名，遇见美好

谁说风景只在目的地？从踏上旅程的那一刻起，一切皆风景。人生亦如此。

世界是美的，而你是甜的

原来，不是目的地才有风景，在路上本身就是风景。

去往伦敦的飞机上,我睡得迷迷糊糊。

空姐来送早餐,林知逸和她交流要什么餐点和饮料,我听到动静,这才缓缓醒来。

醒来发现我身上盖着毯子,瞧瞧旁边的欣宝,也盖着毯子睡得正香。心中一暖,一定是林知逸帮我们盖的。

我掀开毯子很快感受到空调的凉意,心想,倘若不盖毯子,就要和感冒君约会了,于是默默感谢大林把我们照顾得体贴用心。

林知逸见我醒来,递给我一杯水:"先喝点水,再吃早餐。"

我接过水喝了一口,说:"怎么感觉你精神很不错,我就困得不行。你昨天比我睡得晚,早上还比我起得早,没想到你待机时间那么长!"

"我向来待机时间长,你又不是第一次知道。"某人慢条斯理地说。

"想什么呢?这是在飞机上,不是在火车上,不许呜呜呜——"

"是你一大早想什么呢?我说的待机时间长,是我平时也比你起得早、睡得晚。你们不睡我也睡不着。"某人一本正经地解释。

"……"好吧,是我头脑不清醒想歪了。

"不过,你要是往那方面想,我也没异议,谢谢你对我的肯定。"

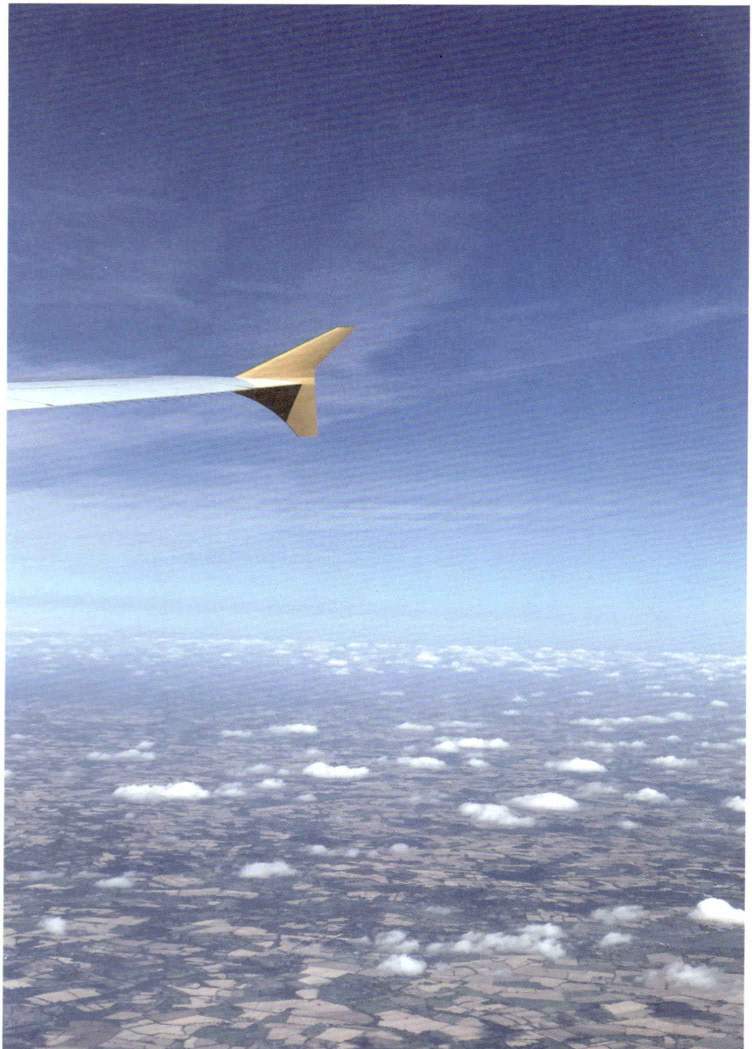

"……"啊？敢情刚才没冤枉他啊！

吃完早餐，他把一杯暖茶递到我手中："空姐送过来的茶很苦，我加了牛奶和糖，我感觉味道还不错，你尝尝看。"

我喝了一口："好喝！简直就是奶茶嘛！"

"大林自制奶茶。"他补充一句。

我突然想到什么，感慨道："其实，很多时候，生活就像这杯茶一样，最初很苦，加了牛奶和糖就变成奶茶。生活如果加点糖也会变得美好，而爱和笑就是生活之糖。"

林知逸笑了，摸摸我的头："真是行走的鸡汤姐，喝口茶还有这么多人生感悟。但你说得没错，生活是苦的，世界是美的，而你是甜的。"

"……"我这是在飞机上被表白了吗？

以前旅行总是直奔目的地而去，总觉得目的地才有风景。现在却发现，从踏上旅程的那一刻起，旅程就开始了，风景无处不在。

和喜欢的人共享飞机上的早餐，聊聊天，看看舷窗外飘忽的云朵，也是旅行中看风景的一部分。

原来，不是目的地才有风景，在路上本身就是风景。

撑一支长篙在康桥寻梦

和喜欢的人乘船漫游康河,碧水荡漾着天空的倒影,两岸风景缓缓倒退,听朋友细述康桥的过往,听撑篙的小哥讲述他的故事,日光正暖,岁月静好。这种如梦般美妙的经历,会成为旅途中最珍贵的回忆,烙进生命的履历。

（1）

大巴抵达剑桥大学的时候是伦敦时间上午十点。刚下大巴，就扑面而来一股清新明媚的气息。

林知逸看了看表，问我："你和楚涵约了几点见面？"

"他十一点早会结束就过来找我们。"

楚涵是我的朋友，在剑桥大学读博士。难得来英国一回，自然要见上一面。

"这是哪里啊？"欣宝好奇地问。

"剑桥大学，楚涵哥哥读书的地方。"我说。

欣宝这才恍然大悟道："想起来了，我给楚涵哥哥出过脑筋急转弯。他很聪明的！"

想起当初小学生欣宝和博士生楚涵第一次见面，她给他出题，我忍不住想笑，这就是典型的班门弄斧吧！

"跟紧点！"导游小姐转头说。

我们快步跟上，没走几步，就见到了传说中的康河。

天空澄澈晴朗，河水波澜不惊，数学桥静静地矗立在康河之上，岸边茂盛的绿树和砖红色建筑一齐倒映水中，两只红色小船停靠在河岸。碧波无澜的河水像一面镜子,将所见风景收入其中,仿佛水面之上是现实,水面之下是梦境。

早晨的康河宁静如斯,像一个温柔的梦里水乡。

无论是静静的康河,还是各个学院古老精致的建筑,都深深吸引了我的目光。

如果有可能,真希望时间能够静止,在这么美的地方多停留片刻。

无奈,这次跟团游身不由己。甚至,导游还临时把集合时间从原计划的十二点改为十一点半,理由是待会儿要赶回伦敦市区吃午饭,这样不耽误下午的行程。

而眼下已经十点半,只能在这里待一个小时。由于时间变得仓促,原本闲庭信步的那份悠闲居然在一念间带有一丝焦虑。

我向导游申请:"石导,能否待到十二点?我和剑桥的朋友约了要见面,担心时间太仓促。"

"不好意思,我们的行程定了下午要去牛津街购物,很多人就等这个行程呢,行程都是公司统一规定的,不能更改。"导游说。

有团友也和我有同感,她问:"如果不去牛津街购物,选择留在剑桥呢?"

导游说:"那就是脱团了,下午得自己坐车到牛津街和我们会合,还要签字确认,脱团期间如果出现任何问题旅行社概不负责。"

– 081

听上去好像有风险，我和团友尽管心有不甘，但也接受了导游的安排。

在导游的指点下，我们去看了剑桥圣三一学院门口的那棵苹果树。那棵苹果树看上去很纤弱，不高也不粗壮，却绿叶葳蕤，生机勃勃。看似普通的苹果树，因为和科学家牛顿产生了关联变得不寻常。据说，就是这棵树祖辈的苹果落在牛顿头上，从而启发他发现了万有引力定律。

很多游客在离苹果树不远的空地与之合影，还有人手拿苹果摆 pose（姿势）。我给欣宝讲了苹果树的故事，说"和这棵树合照可以让人变得聪明"，她才配合我拍照。

（2）

担心楚涵早会结束后找不到我们，我每走到一处新的地方，就将自己所在位置发送给他。等到十一点十分，楚涵发来消息，说在来的路上了，十分钟到。

想到我好不容易来一趟剑桥，好不容易见一次朋友，结果只能见十分钟，就觉得特别不值。毕竟我飞了十几个小时才到伦敦，从伦敦过来又花了近一个小时，花费这么长时间才能走到这里，结果不仅风景没看得尽兴，也不能和朋友多聊会儿天，岂不是很亏？

"这里这么好,为什么不能多待一会儿?"欣宝突然说出了我的心里话。

"就是啊!为什么不能多待一会儿?待会儿和楚涵见面说不上几句话就得走了。"我颇感遗憾地说。

"如果你下午不去牛津街购物,其实我们可以留在剑桥。"林知逸说。

虽然女人天生爱购物,虽然有朋友让我帮忙买瓶祖·玛珑香水,虽然脱团有风险,但是比起能争取到时间和朋友相处,那些都变得无关紧要了。

之前选的跟团游,每次都乖乖听从导游安排,从来都没想过脱团,而这次在林知逸的提议下,我心动了。

剑桥大学被誉为城市中的大学,学院和有着英格兰田园风光的城镇融为一体,因此欣宝还问过我"为什么这所学校没有大门"。

我的思维里一直有一扇门——跟团旅游就得听从导游的安排。但是,这一次为什么不尝试着打破这扇门,看一看门外的世界呢?

于是,我对林知逸说:"我想留在这里,回头我们自己坐车回伦敦。"

他笑了笑:"也好,'购物狂'为了见帅哥,终于要对'钱包君'手下留情了。"

我们正说着,帅哥本尊来了。

楚涵身穿白底蓝条纹衬衣，手执一把折扇，气质卓然，风度翩翩，俨然还是两年前初见时那个儒雅帅气的少年。

一见面，他就给了我一个大大的拥抱："大柠姐，能在剑桥见到你真是太好了！"

"对啊！我也没想到会和你在这里相见。"在异国他乡见到熟悉的朋友，内心居然有种奇特的感动。

"关键是日子也巧，今天还是我生日。"楚涵面带微笑。

"少年，生日快乐！"我边说边从林知逸手里拿过来一个袋子，递给楚涵，"来得匆忙，也没特意给你准备生日礼物，这里有一本书，最近看了觉得不错送给你。还有一些豆腐干之类的零食，在国外吃这些可以解解馋。"

"大柠姐客气了。在这里能吃到家乡的味道，简直如获至宝。"楚涵说话时很有绅士风度。

"没错，昨天吃了碗方便面，感觉比英国国民美食炸鱼薯条好吃多了。"林知逸说。

"中国胃嘛。大林哥，好久不见，感觉你又帅了。"楚涵笑着和林知逸握手。

"哪里。你才是越来越帅了。"林知逸回道。

我忍不住笑了："你俩每次见面都要互夸长相吗？"

楚涵和林知逸是贵州老乡，还记得他俩第一次见面，一个说"你是贵州人中个子比较高的"，一个说"你是贵州人中长得比较帅的"。

此时，两人近乎异口同声地说："当然，颜值是标配。"

那一刻，我都有种冲动想说"干脆你俩在一起好了"。

不过，颜值这东西真管用，我们一起去找导游小姐签脱团的单子时，导游小姐打破一贯冷面的形象，满面笑容地和楚涵沟通："我把他们就交给你了。"

"你放心，这边有直达伦敦的火车，到时候我送他们去火车站。"楚涵说。

"那就好。"导游小姐收了签字单，还和楚涵聊了几句"你在这里读什么专业"之类的家常。

脱团手续搞定，我先前因为时间仓促绷紧的心弦终于放松下来，加上有楚涵这位剑桥在读博士陪同，倍增安全感。

"先吃午饭还是先坐船？"楚涵问我们。

"先吃冰淇淋。"我和林知逸还来不及回答，欣宝抢先答。

"我知道有一家冰淇淋不错。"楚涵说。

"先坐船再吃冰淇淋好不好？不然冰淇淋滴在船上也不好。"我和欣宝商量。

"我想先吃冰淇淋。"欣宝不依不饶。

"那就先让她吃吧，她就不闹了。"面对欣宝的要求，林知逸总是那个比我率先妥协的人。

后来,楚涵常光临的那家冰淇淋店因为老板吃午饭去了,暂停营业,反而遂了我的意。

(3)

直至踏上木船泛舟康河,我才有了游人的闲适心境。

撑篙的小哥立在船尾,白衣黑裤,戴副墨镜,英俊中有几分酷。

楚涵告诉我:"撑篙的小哥都是有证书的,考证才有撑篙资格。"

我想起楚涵之前在康河撑篙的照片,随口一问:"我记得你也撑过篙,你有没有考证书?"

"没有证书,撑两把玩玩还是可以的。还记得我第一次撑船时弄得康河交通拥堵,后来还不小心掉到河里去了,同船的人一个个幸灾乐祸,拿起手机给落水的我拍照。"

我和欣宝闻言哈哈大笑。

林知逸淡定地说:"人家又不靠这个营业,考证书干吗?难道我周末做饭,还得去考个厨师证?"

楚涵笑道:"大林哥还是那么有趣,大林哥是学什么专业的?"

我帮他答:"机械设计及自动化专业,是不是看起来不像?"

"是不像。因为一点都不机械,很自动化。"楚涵一本正经地说。

"楚涵也是隐藏的段子手啊！"林知逸说。

得！这两人不经意间又进入了互夸模式。

小船缓缓穿过康河的一座座桥，一座桥对应一座学院，有的学院还有自己的后花园，后花园绿草如茵，夏花绚烂。

"看到那张椅子了吗？据说那就是当年徐志摩和林徽因约会时坐过的椅子。"楚涵指着右侧一棵树下的长椅说。

天空流云依旧，康河的垂柳依旧，古朴的建筑依旧，长椅旁却早已不见当年的一双身影。然而，透过他们曾经的情书和老照片，我似乎看见了他们当年花前月下的画面。

既然提起徐志摩和林徽因，又在他们从前相恋的地方，于是我们不禁回顾了一番他们的情事。

楚涵说，因为徐志摩那首著名的《再别康桥》，剑桥大学国王学院里还立了块诗碑。

一个地方的风景之所以迷人，不仅是因为风景本身，更是因为有一些特别的人，给这个地方增添了故事色彩。

就像康河上有座叹息桥，设计尤为精致，浪漫主义诗人拜伦曾从这座桥上一跃而下，所幸被路过的船夫救起。不然就没有他写的那句诗"我站在威尼斯的叹息桥上，一端是宫殿，一端是监狱，我看到建筑物从水波中升起"，而原本威尼斯那座不起眼的小桥也不

088 –

– 089

会得名为"叹息桥",成为闻名世界的景点。

往往人物和景观是相辅相成的,景观激发了诗人的创作灵感,诗人也赋予了景观新的生命。

正午的阳光很烈,楚涵拿他的折扇挡脸遮阳。撑篙的小哥指着船上的黑伞,示意我们用伞遮阳。

楚涵拿起一把黑伞撑起来,递给我:"挡挡太阳。"自己又撑了另一把,递给林知逸。

林知逸摆摆手:"不用了,大柠给我涂过防晒霜。"

楚涵边笑边把伞举过头顶:"我怎么感觉猝不及防吃了口狗粮?"

"什么叫狗粮?"欣宝一边问一边拨弄船侧的河水。

"就是你爸妈经常给你喂的。"楚涵一本正经地答。

"啊?"欣宝听得一头雾水。

这时,撑篙的小哥说:"小朋友不要把手放在船外,危险。"

我向欣宝转达了小哥的意思,欣宝不情不愿地收回手:"水里凉快啊!"

楚涵说:"欣宝碰过康河的水也算是汲取了剑桥的灵气,未来了不得啊!"

我趁热打铁:"欣宝,将来你也到这里读书好不好?"

我以为她会信誓旦旦地说"好",孰料她说:"我考不好的,我没楚涵哥哥聪明，脑筋急转弯我玩不过他。"

我们狂笑，敢情在她看来会玩脑筋急转弯就能定江山。

我们的欢乐感染了撑篙的小哥，小哥和我们搭讪，问我们从哪里来。我们说来自中国北京。小哥说他去过中国桂林，那里很美。他还说他有个梦想，想去中国三亚看一看。

有人说，旅行就是从你待腻的地方到别人待腻的地方。其实，旅行不过是想走出熟悉的地方，去看看外面的世界，遇见不一样的人和景，收获不一样的故事，由外而内启发我们遇见更好的自己。

剑桥这样历史悠久的大学最不缺的就是名人和故事，就连楚涵请我们吃午饭的餐厅都有一些传奇故事。

这家餐厅叫"老鹰酒吧"，店内介绍上写着该店创建于 1667 年。

路过一张桌子，楚涵说："这就是发现 DNA 的沃森和克里克当时吃饭的地方。他们就是靠这个发现获得了 1962 年的诺贝尔生理学或医学奖。"

听楚涵云淡风轻地介绍，大概他早已对学校卧虎藏龙习以为常。

吃完午餐，楚涵指着房间天花板上的涂鸦，对我们说："这些涂鸦是二战期间英国皇家空军和美国空军的战士们留下来的。英国和德国曾达成约定，德国不轰炸英国的牛津和剑桥，英国也不轰炸德国的哥廷根和海德堡，目的是为保证人类智慧所留存的地方不被破坏。

"当时英国将空军基地之一设立在剑桥,在攻打德国的前夕,空军士兵们聚在老鹰酒吧。离别前,他们站在同伴的肩膀上,用蜡烛把自己的名字和编号熏到了酒吧的天花板上,留给自己深爱的人。很遗憾,这些涂鸦成了很多人的绝笔。"

战争年代的故事总不可避免地带点伤感。望着这些可爱的涂鸦,我想,若是他们深爱的人知道这些,会不会专程过来仰望天花板,只为看一眼心爱之人的名字?很多时候见字如面,人不在,字犹存,心里总归有些安慰。

(4)

快乐的时光总是稍纵即逝,下午楚涵带我们参观了女王学院和国王学院后,就到了我们要挥别剑桥的时候。

国王学院宏伟的建筑和青翠欲滴的大草坪让人流连忘返,据说这片草坪只允许剑桥大学的院士踩上去,其他人不许入内。林知逸对楚涵说:"希望下次再来剑桥的时候,你已经有了踏上这片草坪的资格。"

楚涵谦虚地说:"早着呢。"

临别前看了一眼徐志摩的《再别康桥》诗碑:"轻轻的我走了,正如我轻轻的来,我挥一挥衣袖,不带走一片云彩。"

难怪这句诗会流传至今，它几乎道出了所有人路过剑桥时的心声，恋恋不舍，却又不得不离开。

楚涵送我们去火车站，路过剑桥中心街口，他指着那里硕大的金色时钟说："这是著名的圣体钟，又叫'时间吞噬者'，那只站在时钟上像蚱蜢一样的怪兽像在吞吃时间。这是剑桥校友、电热水壶的发明者约翰·泰勒在剑桥八百年校庆时赠送给母校的礼物。"

金色时钟没有指针和数字，却一刻不停地摇摆，仿佛冥冥之中存在一个吞吃时间的怪兽。

时钟下方的石阶上刻有一行拉丁文：Mundus transit et concupiscentia eius。（这世界和其上的情欲终将逝去。）

看着这金色时钟，心里似乎敲起了警钟：时间易逝，你是否在珍惜时间，把时间花在毕生想做的事情上？

火车直达伦敦，下一站就是 London King's Cross。不过赶火车时，闹了个小插曲：我不小心把在剑桥购买的书和明信片落在从剑桥前往火车站的公交车上了。

以至于我和旅行团的团友们集合时，我手上空空如也，而他们每个人都拎着购物袋满载而归。

欣宝说："你看别人买了好多东西，你买的明信片还丢了。"

094

林知逸笑着转头："你后悔没去购物吗？"

我摇头："当然不后悔，我觉得我今天收获满满。"

旅行中最珍贵的是回忆，商品在哪里都可以购买，而关于康桥的那些美好回忆是买不到的。

这时，我的手机微信弹出来一条消息，是楚涵发来的照片：居然是我装书和明信片的购物袋！

"哈哈，就问大柠姐服不服？"

"太服气了！你怎么找到的？"我惊呆了。

"我坐上了同一辆车，下次回北京带给大柠姐如何？"

"好啊，失而复得的感觉太好了！"

"说明剑桥的明信片值得珍藏。"

对我而言，最宝贵的土特产就是旅行时记录风景的手绘明信片了，因为用画的形式记录了我看过的风景。

我相信，日后当我看着明信片回首往事时，我会想起这次在剑桥大学的经历——

和喜欢的人乘船漫游康河，碧水荡漾着天空的倒影，两岸风景缓缓倒退，听朋友细述康桥的过往，听撑篙的小哥讲述他的故事，日光正暖，岁月静好。

这种如梦般美妙的经历，会成为旅途中最珍贵的回忆，烙进生命的履历。

湖畔小镇故事多

在湖畔生活的作家曾经创造了许多动人的故事,多年以后,他们也成了故事的主角。而我们,也会成为我们生活中的故事主角。

或许是久居城市的缘故，我对自然风光的兴趣远甚于都市风情。相比较英国的城市，我更喜欢英国的乡村小镇。

林语堂曾说："世界大同的理想生活，就是住在英国的乡村。"

当我亲临其境，来到那些历经岁月依然生动的英国乡村小镇，我切身体会到浪漫又宁静的英式田园生活，深觉林先生所言不虚。

水上伯顿的表白

科茨沃尔德是英国最优美宁静的乡村地区，而我们前往的水上伯顿小镇被誉为科茨沃尔德的"水上威尼斯"。

在我看来，水上伯顿的古朴气质倒更接近中国的江南水乡，只是更为袖珍。

一条叫"疾风河"的河流贯穿整座村庄，两岸绿树成荫，小桥流水人家，风景旖旎秀美。

横跨疾风河的几座石拱桥已有两百年的历史，我站在桥上看风景，欣宝站在岸边喂鸭子。

鸭子起初在河中优哉游哉地戏水玩乐，被欣宝带来的面包所吸引，纷纷凑到岸边，翘首以待。不一会儿，岸边草坪上飞过来几只鸽子，来到欣宝面前，眼巴巴地望着她手中的面包。欣宝考虑到要雨露均沾，身前身后都要喂，在如此安逸的小镇，她倒忙碌起来。

有的鸭子不甘心被鸽子分得一杯羹，游上岸来，与鸽子面对面争宠。其他鸭子效仿，陆续来到草坪上，将欣宝围在中央。几只鸽子见"鸭多势众"，识趣地飞走了。

这一幕人与自然和谐相处的画面，林知逸自然用相机捕捉。

他的相机也要雨露均沾，拍完欣宝就要拍我，还让我坐在古老的石桥上拍照。我犹豫道："会不会掉河里？"

他说："不会的。要是掉河里，我把你救上来。"

我小心翼翼地坐在石桥边上，结果因为害怕掉河里的心理作用，表情并不放松，更别提配合林知逸"两条腿交叉，歪头露出天真烂漫笑容"的高难度动作了。

我走过石桥，来到河边的绿色长椅上坐下。林知逸拿着相机走过来，坐在我身旁，喊我看他刚才拍的照片："宁静水乡的红衣少女，一切都很完美，就是表情不对。"

"我怕掉河里嘛！"我解释。

"搞不懂你有什么好怕的，这条河很浅的，你看那边小孩子下水玩，水都没淹过膝盖。"他指着前方几个下水玩的小男孩说。

我这才明白他先前为何那么斩钉截铁地说我掉河里他可以把我救上来，原来是因为水太浅他有把握的缘故。

"我再去拍一回。"我起身道。

就在我转身把包放在椅子上时,发现椅背上有个黑色牌子,上面刻着:

IN MEMORY OF MY HUSBAND

(纪念我的丈夫)

EDWIN G. A. THOMAS D. EC

(埃德温·G.A. 托马斯· D.EC)

1921—1998

我的视线久久停留在上面,林知逸好像感觉到了什么,转过头,也望向这块纪念牌。

或许挂纪念牌的这位女士当年和她先生来过这里,曾经在这把椅子上闲聊,享受温柔水乡的静谧时光。而先生离去后,她将对他的思念寄托在这张纪念牌上?

也不知是怎样的缘分,我坐在了他们曾经坐过的椅子上,想象着他们曾经恩爱的故事。

林知逸仿佛能感受到我内心的细微波动,他轻轻地捏了捏我的手,然后说:"你去桥上吧,我给你拍照。"

我走过去,坐在桥上,很奇怪,内心居然出奇地安宁。

拍完照,我们往小镇的深处走了走,好似一栋散落在人间的童话房子出现在眼前。嫩绿色藤蔓爬上石墙,藤蔓下是围绕着木栅栏盛开的繁花,阳光洒在古朴的蜜糖色房屋上,一幅大师级印象派画作诞生。

林知逸举起相机:"你走到花圃旁的小路上,我给你拍张照。"

我沿着石屋旁的路行走,内心充满美好和惬意。

"不回眸一笑吗?"林知逸在身后说。

"不了。风景是重点,我只是点缀。"

"可是,在我眼里,你就是风景啊!"

"……"被撩到了……

我说:"拍背影就好啦。"

"记得要微笑啊!"他强调。

"为什么拍背影还要微笑呢?"我不解地问。

"因为摄影师能感觉得到,你一微笑我心情就好。"

"……"又被撩到了……

不过,在风景如画的地方被撩,感觉真好。

埃文河畔的斯特拉特福小镇

和水上伯顿相比,斯特拉特福热闹多了。站在亨利街街口的小丑雕像前，一眼望过去，街上游人如织。

四百多年前，斯特拉特福小镇还是埃文河畔一座默默无闻的小镇，如今成为举世闻名的小镇，完全拜文坛巨匠莎士比亚所赐。

这里不仅是莎翁出生的地方，也是他选择终老的地方。

街道两旁随处可见与莎翁及其戏剧有关的元素，就连街头的红色邮筒上面都有印着莎翁头像的纪念版邮票。

欣宝被路边小店的独角兽玩偶吸引了视线，停下脚步，我催促她："我们先去玩，等回来时再选你想要的玩具。"

"去哪里玩啊？"欣宝问。

"去拜访大作家莎士比亚的故居，就是他以前生活的地方。"我说。

"这有什么好玩的？"她不情愿地挪动脚步。

"你妈想和大作家隔空交流，讨教点写作经验。"林知逸说。

"对啊对啊！说不定我能吸收点灵感。"我开始幻想莎翁能给我输入点文学功力。毕竟我要站在莎士比亚出生的地方，和他隔着四百多年的时间遥遥相望。

欣宝丝毫未被我见文学偶像的兴奋所感染，非常淡定地说："你不可能吸收到灵感的。"

"怎么就不可能呢？"我问。

"你英语听力太差，就算大作家告诉你写作的秘诀，你也听不懂啊！"欣宝义正词严地说。

"……"这么吐槽我，是亲闺女无疑了。

莎翁故居是一幢古朴典雅的二层楼房，阁楼旁的烟囱厚重而朴实，木门和外墙依稀可见岁月流逝的痕迹。

由于时间有限，排队买票的人又不少，我放弃了入内参观，仅仅是站在故居前合影留念。

想起狄更斯、司各特、白朗宁等著名文学大师都曾站在这幢小楼门口瞻仰莎翁故居，忽然有种与有荣焉的感觉：我们都来过相同的空间，只是经历的时间不同。

穿过整条亨利街，来到莎翁曾经走过的埃文河畔。

清澈的河水缓缓流淌，砖红色孔桥横跨水面，天鹅们排着队优雅地朝孔桥游来，河对岸耸立着一座摩天轮，为天空画下美丽的圆弧。

纪念雕像群位于河畔的小广场，主雕像是莎士比亚坐像，四座环绕主雕像的小雕像分别是莎翁戏剧里的四个人物：高举皇冠的亨利五世代表历史，开怀一笑的福斯塔夫代表喜剧，握紧拳头的麦克白夫人代表悲剧，托着骷髅沉思的哈姆雷特代表哲学。

"哈姆雷特的雕像让我想起'生存还是毁灭？这是个问题'。"我对林知逸说，"话说，你最喜欢莎士比亚的哪句话？"

"我喜欢这句：'真正的爱情是不能用言语表达的，行为才是

- 莎士比亚故居

- 埃文河畔

忠心的最好说明。'说到了我心里。"林知逸说。

"怪不得你很少对我说'我爱你'。"我恍然大悟。

"还用说吗？看看我每天负重前行。"林知逸指指自己。

他胸前挂着单反相机，背上的双肩包里装有两个镜头及充电宝等零碎，右手提的帆布包里装着水和干粮。

几乎每次旅行，我和欣宝都是轻装上阵，而林知逸为了拍旅途中的我们，都是负重前行。原本很宅的他愿意陪我走天涯，这样的行为比一句轻飘飘的"我爱你"有分量多了。

"难怪每次出来就算不控制饮食我都不会变胖，毕竟每天背着二十多斤的装备行走，我就当减肥了。"林知逸笑道。

"林摄影师辛苦了，我们去找个地方歇歇。"我有些过意不去地说。

岸边树荫下的草地是纳凉的好地方，有人躺在草地上午睡，帽子盖在脸上。

我们来到草地坐下，林知逸拿出干粮，我们的野餐开始了。

和喜欢的人坐在埃文河畔看风景，内心有种确切的宁静与幸福。

"那艘船上卖冰淇淋呢！"欣宝好似发现了新大陆，指着靠在岸边的一艘印有莎翁卡通形象的游船。

然后，她双手托下巴，对林知逸卖萌："爸爸，我想吃冰淇淋。"

"那你说说看，船上画的是什么？"我给欣宝出难题。

"画的是个可爱的老爷爷,他说:'吃冰淇淋还是死亡?这是个问题。'"欣宝回答。

林知逸笑道:"哈哈,这答案很完美!走,爸爸带你去吃莎士比亚老爷爷代言的冰淇淋。"

船上画的是卡通版的莎翁一手拿着冰淇淋,一手拿着骷髅,可爱的莎翁目光炯炯地盯着冰淇淋。没想到欣宝把我之前看到哈姆雷特雕像时说的话活学活用了。

林知逸带着欣宝去买冰淇淋,我看着他俩的背影,想起本·琼森说的那句话:"莎士比亚不属于一时,而属于永远。"

而我希望,我和林知逸的爱不是一时,而是永远。

温德米尔湖的夏日恋曲

如果真的有天堂,我想大概是温德米尔湖的模样。

温德米尔湖码头的木栈道旁,一群白天鹅在碧蓝的湖面上悠闲徜徉。它们丝毫不惧游客,离岸边很近,我也是第一次发现天鹅居然这么大,洁白的绒毛仿佛被梳洗过,修长的脖颈高贵优雅。

"这些天鹅好漂亮,像公主一样。"欣宝发自肺腑地赞美。

"它们确实是公主,因为它们的'干妈'是女王。"我说。英国公共水域的天鹅都属于女王,天生自带贵族气质。

两只白天鹅头靠头挨在一起,似恋人般喃喃低语。

"这就是'只羡鸳鸯不羡仙'吧?"我对林知逸说。

"和你在一起,我从不羡慕任何人。"停顿了下,他又说,"包括鹅。"

我笑了:"我也是。"

"天鹅组成了爱心的形状!"欣宝突然叫道。

林知逸赶紧举起相机,不过当他的镜头对准天鹅恋人时,天鹅已经不再摆爱心 pose(姿势)了。

带着没拍到天鹅秀恩爱的画面的遗憾,我们踏上了环湖观光的游船。

湖天一色,海鸥伴船而飞,几艘帆船点缀湖面。远处的群山,一排排小别墅掩映在绿树丛林间。

"你和你女儿又穿的亲子装啊。"同船的一位团友对我说。

"是啊,这样适合拍照。"我说。

这天,我和欣宝分别穿了件粉红色连衣裙,选择粉红色,是觉得和湖水蓝很配。

"真好。感觉你老公把你宠得像公主,你就是大公主,女儿就是小公主。"团友说。

这都看出来了?林知逸宠我有这么高调吗?

"大柠,你站那边,我给你拍照。"这时原本去船头拍风景照

— 107

的林知逸回来了。

我拥着欣宝,面朝湖光山色,这一幕在林知逸的相机里定格。

"拍得真好看!能麻烦你帮我拍一张吗?"刚才和我聊天的团友瞥了一眼林知逸的相机说。

林知逸不好拒绝,团友拿了她的手机递给他。

他帮她拍完,她边说"谢谢"边看手机,结果发现不太满意,又请林知逸帮她重拍。

上岸后,我对林知逸说:"你帮人家一次拍到位嘛,就不用返工了。"

"你不是说有爱才能把人拍好看,你以为我拍别人也像拍你一样有爱啊?"他振振有词。

好吧,对于我说过的话,我无法反驳。

吃完午餐,我们漫步在湖畔的波尼斯小镇,边欣赏文艺范十足的露天咖啡馆和餐厅,边享受英国田园风情的午后时光。

路过彼得兔博物馆,我才后知后觉,原来这里是彼得兔的故乡!作者碧雅翠丝·波特当年在这里度假,爱上了这里宁静优美的湖光山色,后来,她干脆把家搬到湖区。彼得兔的原型就是她养的兔子,据说她经常牵着兔子散步。

欣宝刚好在来英国的飞机上看了电影《彼得兔》,听我讲述波特小姐和彼得兔的故事,听得津津有味。

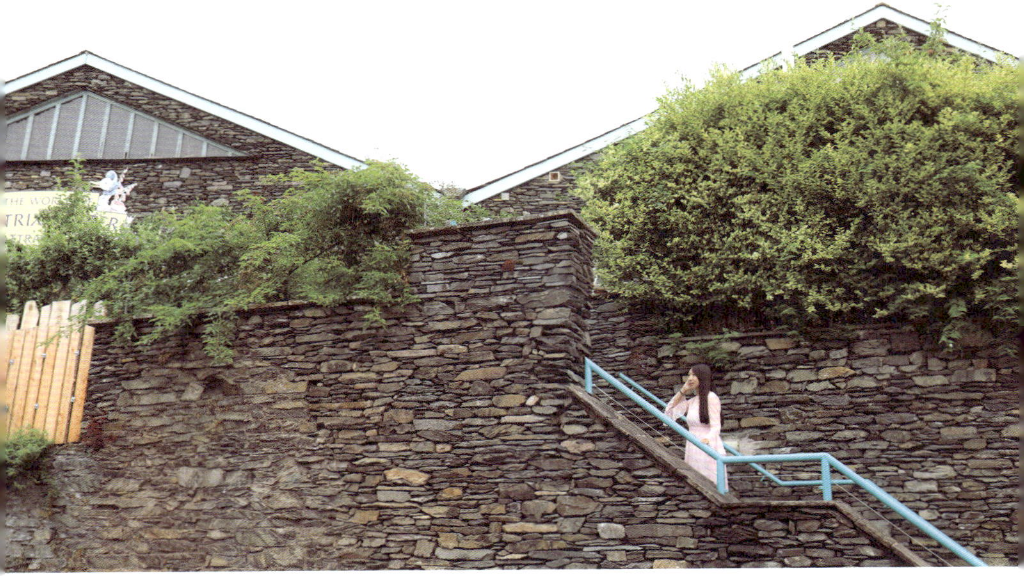

听完，她对我说："我也想成为波特小姐那样会讲故事的画家。"

"这想法很棒啊！"看来我讲的故事对她有激励作用。

"那我也可以养狗和猫了。"欣宝兴奋地说。

"啊？"我始料未及。

"波特小姐创作故事的灵感不是来源于她养的兔子吗？我也需要养动物来寻找灵感。"

好吧，这个理由我无法反驳。

我们走累了，一间绿意盎然的咖啡馆出现在转角，窗前的长椅可以小憩。

林知逸往我耳朵里塞了一只耳机，吉他弹奏的旋律悠扬动听，随即，温柔的男声响起："This summer is coming to a close……（夏日临近了……）"

"这是什么歌？"我问林知逸。

"*Summer's Song*。"他说。

"夏日之歌，现在听很适合。"我说。

"是属于我们的夏日恋曲。"

"大林，我们明明在秋天相遇，怎么总感觉我们的爱像夏天般热情？"

"因为我在春天出生，跟秋天中和，就是夏天。"他回答得理所当然。

"This summer was the best I've ever had……（夏日时光是我最美好的时光……）"

耳畔有人浅吟低唱，清风徐来，满架蔷薇一院香。

格拉斯米尔的姜饼屋

格拉斯米尔小镇位于湖畔，被群山和原野环抱，一条小河绕镇蜿蜒流淌，流向格拉斯米尔湖。

格拉斯米尔小巧精致，有种诗意的浪漫，难怪在此土生土长的浪漫主义诗人威廉·华兹华斯盛赞这里是"人们所发现的最美的地方"。

最美的地方有一家美味的姜饼屋，爬山虎点缀一侧白墙，木门和栅栏刷成翠绿色。如此小清新的店居然是一家百年老店。姜饼屋由莎拉·尼尔逊女士创立，据说自19世纪已声名远扬。

"我们先去威廉·华兹华斯的花园吧，待会儿再来。"眼见姜饼屋门口的人已排成长龙，我和林知逸提议。

"也好。向两位威廉请教完写作经验，回去后不卡文，就有更多时间陪我了。"

他说的两位威廉是指威廉·莎士比亚和威廉·华兹华斯，都是闻名世界的文学大师，在西敏寺（伦敦的威斯敏斯特教堂）"诗人角"

都有一席之地。然而,他们都眷恋故乡的风景,只在西敏寺留下雕塑,身躯葬在故土,从哪里来,到哪里去。

"嗯,你的觉悟很高。陪我看世界,其实是为了有更多和我相处的时间。"

此时,我们已经来到了华兹华斯的花园门口。花园距姜饼屋仅几步之遥,在一旁的圣奥斯瓦尔德教堂后面。

灰色石块铺就的幽静小路通往花园深处,第一块石头上刻着华兹华斯《水仙》里的诗句——

> I wandered lonely as a cloud,
> (我好似一朵孤独的流云,)
> That floats on high o'er vales and hills,
> (高高地飘游在山谷之上,)
> When all at once I saw a crowd,
> (突然我看见一大片鲜花,)
> A host, of golden daffodils...
> (金色的水仙遍地开放……)

我小心翼翼地踏上由诗歌开篇的小径,生怕吵到花园里沉睡的灵魂。

— 113

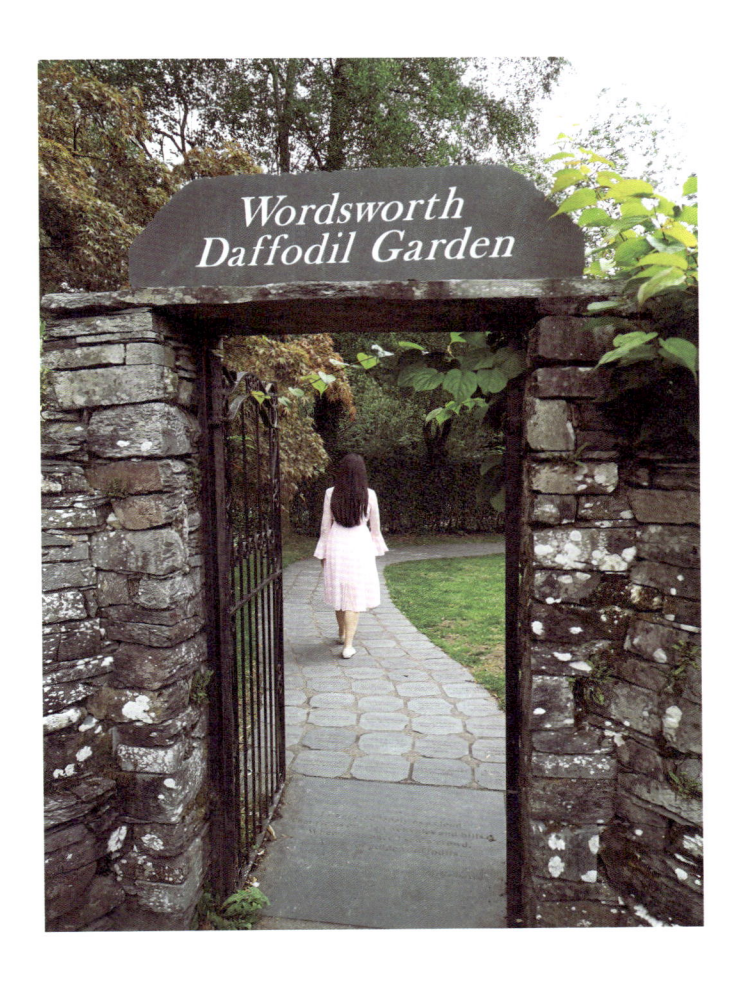

绿草如茵,繁花似锦,几只乌鸦守着静谧如斯的逝者花园。寻到华兹华斯的墓碑,和其他墓碑立在一起,并无特别之处。墓碑上仅刻着逝者的名字和逝去时间——

WILLIAM WORDSWORTH
(威廉·华兹华斯)
1850
MARY WORDSWORTH
(玛丽·华兹华斯)
1859

刻在墓碑上的字很简单,却有震撼人心的力量。透过这个墓碑,我能看到"以你之姓,冠我之名"的情深,看到"生同衾死同穴"的缘分,也能看到人总要独自一人走完自己的生命旅程。

"在威廉逝去后的九年,玛丽要独自面对没有他的生活,所以人本质上是孤独的。"我感慨道。

生命旅程这趟列车,不管沿途有没有遇见志趣相投的同伴,始终需要自己从起点开到终点。

"就算孤独也有孤独的幸福,毕竟他们拥有在一起的那么多年美好回忆。"林知逸说,"就着回忆下酒,足以度过余生。"

听他这么一说，心情从沉闷变得明朗。

都说人老了靠回忆活着，我们牵手旅行，我们记录日常，不就是为了当年华老去，还依然拥有美好回忆吗？

我们绕着这座精美如花园的小镇走了一圈，最后回到集合地点姜饼屋门口。

此时姜饼屋门口的人群已散去，我们走进小小的姜饼屋，屋里洋溢着姜糖的味道，温暖又美好。

"真的很好吃！"咬了一口林知逸买来的姜饼，松软醇香，甜而不腻。

"口感不错，听说还是一百多年前的配方。"他咬着姜饼说。

"那这姜饼很古老啊！"欣宝也咬着姜饼说，"不过，真的很好吃。"

此刻，我们在格拉斯米尔姜饼屋门前吃着姜饼，很快，这样的画面会成为甜蜜的回忆。

不如，趁时光未老，一起创造更多甜蜜的回忆，不管未来怎样，总有温暖回忆共余生。

城堡为爱守着秘密

比起城堡里的女王,我更愿意做你尘世里的妻子,相依为命,平凡度过一生。

晚上整理行李的时候，从伦敦西敏寺一旁的纪念品商店买来的哈里王子和梅根大婚的明信片滑落下来。

于是，这天晚上给欣宝讲的睡前故事就变成了现实版灰姑娘和王子的故事。

"哈里王子和梅根王妃是在温莎城堡举行的婚礼仪式，我们明天去的地方就是温莎城堡，期待吗？"我说。

"嗯。"她点了点头，"城堡里还有其他公主和王子吗？"

"城堡里大概有女王。"我说。据说英国女王伊丽莎白二世经常到温莎城堡度假。

"城堡里有女王也有公主。"林知逸来到床旁，拿了水杯递给我。

"真的吗？"欣宝的眼睛都亮了。

"你和你妈妈去了，不就是女王和公主吗？"林知逸说道。

"那，爸爸你是国王吗？"欣宝喝了一口我递给她的水，问。

"不，我是王夫。"林知逸认真地答。

"什么是王夫？"欣宝又问。

"就是女王的丈夫。"林知逸答。

"哦——"欣宝似懂非懂，躺下来，过了一会儿又问，"丈夫是什么意思？"

"丈夫啊，就是老公的意思，是妈妈最爱的男子。"我说。

温莎城堡里的情书

我们行走在温莎城堡，仿佛穿越到中世纪的欧洲皇家花园。

欣宝头戴王冠，穿着《美女与野兽》中贝儿的黄色公主裙，在巍峨古堡的映衬下，颇有几分公主范儿。

不过，没走几步，她就把王冠摘了塞到我手里，直呼："太重了！"

欲戴王冠，必承其重。

想当公主也挺不容易的。

突然传来一阵踢踏声，不多时，身穿红色制服的皇家卫队扛着枪、踏着整齐划一的步伐迎面走过来。

皇家卫队最引人注目的莫过于那顶高高的黑色绒皮帽了，高达三十厘米的帽子几乎要遮住卫兵的眼睛了。

"他们戴这么厚的帽子不热吗？"欣宝问出了我心中所想。

"怎么不热？有的卫兵因为太热还会中暑。"林知逸说。

"那为什么他们还戴？"欣宝不解。

"为了庆祝在滑铁卢战役中打败拿破仑。"

"拿破仑是谁？"欣宝又问。

– 119

"拿破仑啊,他是以前的法国皇帝,有非常强大的军队,他的皇家卫队当时就戴类似的绒皮帽……"林知逸顺便给欣宝科普了下历史。

听完故事,欣宝说:"我知道了,现在皇家卫兵戴这么厚的帽子,不仅是为了证明自己强大,还像女王参加盛大宴会要戴王冠一样,都是工作需要,对吗?"

"对,理解力满分。"林知逸为她点赞。

"当女王好辛苦,我还是当画家吧,想画什么就画什么。"欣宝感慨。

我笑道:"哈哈,你想当女王也没那个命啊,只能当我们家的小公主。"

"我们家的小公主呀,是我的掌上明珠。"林知逸说着将欣宝高高举起。

其实,做个普通人家的小公主挺好。城堡中的女王、公主虽然锦衣玉食风光无限,然而也因为王室身份的束缚,失去了很多选择的自由。

伊丽莎白女王的妹妹玛格丽特公主年轻时未能和初恋情人彼得·汤森在一起,多年以后两人重逢,苍老的玛格丽特公主看着依然眉眼如画的汤森说:"除了头发变白,你什么都没变。"

倘若玛格丽特公主当初不顾外界压力,选择和汤森在一起,会不会改变自己的命运？

当然，王室里也是有美好童话的，维多利亚女王和阿尔伯特王子的爱情素来为人称道。

只是万万没想到，我会在温莎城堡邂逅两位童话主角百年以前写的情书。

本来我正在城堡展厅一幅画作前流连，听到有人在说："他们写的情书好浪漫啊！我最近看的英剧就讲了维多利亚女王和阿尔伯特王子的故事，他们联手弹钢琴的画面简直太撩了！"

循声望去，一个娇俏可人的丸子头女孩挽着身边男孩的胳膊，看向面前的展品。

"电视剧嘛，都有戏剧的成分。"男孩说。

"那这情书呢，这可是真的。你连情书都没给我写过。"女孩表情微变，好像对男友的表现不太满意。

"情书就是说的话，我嘴笨不太会表达。但是你说要来英国，我不是请假陪你来了吗？"男孩觉得自己有点委屈。

"好了，不要生气了，只要你对我好，比情书还重要。"女孩大概想起旅行要开开心心，担心惹男友生气，连忙哄他。

"傻瓜，我不对你好我对谁好？"男孩摸摸女孩的头。

等到这对小情侣离开，我拉着林知逸来到方才他们站的位置。

原来，引起小情侣争论的展品居然是维多利亚女王和阿尔伯特王子写给彼此的情书!

我跟林知逸大致讲述了他们的故事：遇见阿尔伯特王子前，女王本来心仪俄国王子亚历山大二世，迫于政治原因不能在一起。女王和阿尔伯特王子见面前，两人内心都排斥对方。谁知见面后两人都被对方的魅力所吸引，从此一眼就是一生。两人十分恩爱，即便婚后还互写情书。

"还好当年我们有过异地恋，你给我写过情书，之后就没再写了。"看着面前的百年情书，不由得想起自己和林知逸的情书。

"为你写的诗词不算？"

他提醒了我，结婚七周年时他给我写过一首词《蝶恋花》，里面有句"情深不负共白头，余生只愿与君度"很多人都喜欢。

"算。"那首词我至今想起来还是会感动。

"倒是你现在都不给我写情书了。"他说。

"怎么没写？我写了'和你在一起才是全世界'系列，三本书都是和你有关的故事，未来还会继续写。我写的情书够厚吧？还可以写一辈子。"我很自豪地说。

"那是爱情之书，不算真正的情书。你只为我一人而写、不去发表的信才叫情书。"

"……"要求这么高的吗？刚刚还感觉我略胜一筹，怎么突然有种落了下风的感觉？

— 123

走出展厅，我们没有再去参观城堡里的其他景点。我和林知逸牵着欣宝的手，沿着城堡外围散步。

不经意的抬头间，我看见一位金发老太太坐在山顶花园前的长椅上。尽管隔得很远，但恍惚觉得那就是女王。

"大林，那个人像不像女王？"我说。

林知逸和欣宝都循着我的视线望过去。

"是挺像女王的。不过，隔得太远，看不太清楚。"林知逸说。

"我其实挺羡慕女王的。"我看着那位金发老人说。

"羡慕她的地位？"

"不是，羡慕她的年龄。"

"羡慕她长寿？"

"羡慕她真的可以和喜欢的人百年好合，这一点比维多利亚女王更让我羡慕。"我说，"她刚和菲利普亲王庆祝'白金婚'，他们已经结婚七十年了。"

"这有什么好羡慕的？我爱你，这一辈子都远远不够。"林知逸说。

我会心一笑。

我好像不太需要林知逸特意为我写情书、情诗，因为他每天对我说的话几乎都像情话。

迷失在爱丁堡

爱丁堡是那种看一眼就绝对不会忘却的地方。就像你遇见喜欢的人，只一眼就是一生的印记。

站在爱丁堡城堡之上，俯瞰整座爱丁堡，天空被厚厚的云层笼罩，中古世纪建筑与蔚蓝海岸线相得益彰。

"站在这里，你会想到什么？"我问林知逸。

"想到我又可以换新的手机屏保了。"他说。

"是不是觉得这里的风景很迷人？"

"站在风景前的你更迷人，我要把你站在世界各个角落的样子拍下来，轮流当我的手机屏保。"林知逸举起手中的相机。

于是，海风将我长发吹乱的样子被他收入画面，我觉得头发太乱，他还说："挺好啊，像你的长发在城堡跳舞。"

不过，他还是帮我整理好头发，重新拍了一张。

"这张不错，和周董同款。"我说。周杰伦的 MV《明明就》曾在此处取景。

"你站在这里不会想的是周杰伦吧？"

"想的是他唱的歌，'城堡为爱守着秘密，而我为你守着回忆'。"我哼唱着。

我才不会告诉他，站在喜欢的歌手曾经站过的地方看风景，别

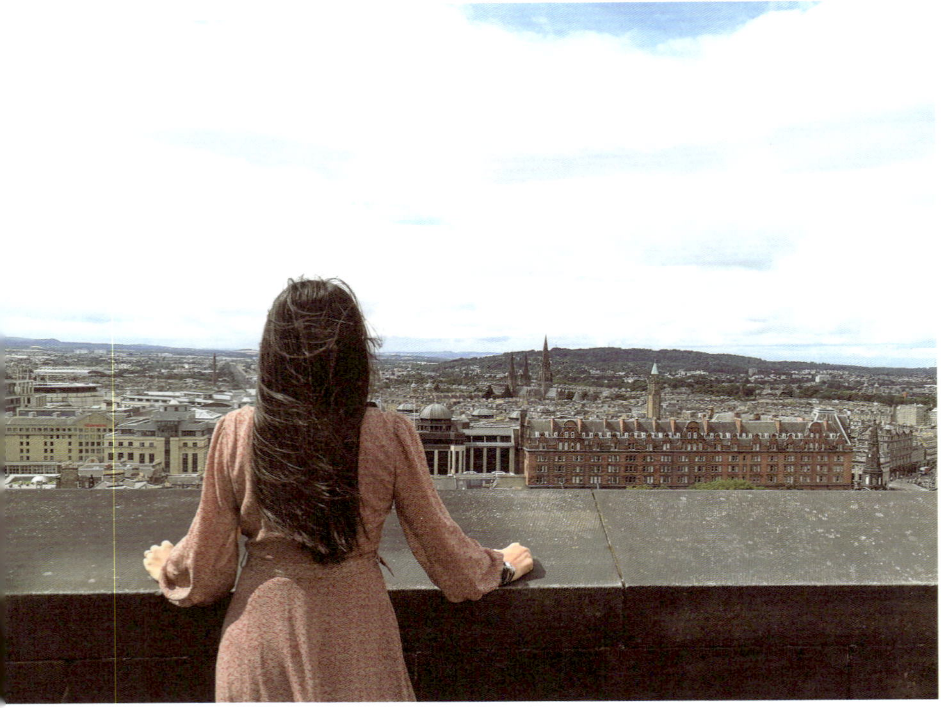

有一番风味呢!

走出古堡，下面就是古老又繁华的王子街，这条街将爱丁堡分为新旧两城。

街道南侧的草地上屹立着一座黑褐色的哥特式建筑，这是为苏格兰著名文学家司各特所建的纪念塔。塔中央立着白色大理石雕刻而成的司各特，他身穿长袍，手执书本，身旁卧着他的爱犬。令人惊喜的是，他作品中的六十四位人物也被雕成雕像环绕塔身。

"有些人，虽死犹生，就像莎士比亚和司各特，他们最幸福的事，是不仅魂归故里，就连雕像、小说中刻画的人物也陪伴着他们。超佩服这些刻画人物很成功的作家！"我看着纪念塔感慨。

"你刻画人物也很成功啊！"林知逸说。

"哪有啊，我写的多是身边人的故事，没有那么强的想象力。"或许天分有限，我只能描写生活。

"现实生活那么无聊，你还能写得那么美好，说明你有一双发现美的眼睛。很多时候，我都没觉得自己说的话好笑，结果你笑个没完没了，还要写下来和别人一起分享。谢谢你在书中把我刻画得那么好。"

"用得着刻画吗？你本来就是这样。"

"也不能因为对面是商业百货大楼，我俩就在这里商业互吹吧？"

笑点低的我闻言又笑了。纪念塔对街的 Jenners 是苏格兰历史最悠久的百货公司，女王还参加过 Jenners 创立一百五十周年典礼。

我们沿着王子街往东走，映入眼帘的是王子街花园。茵茵芳草如同绿色地毯沿着高低起伏的地势铺就，树丛和花坛为其点缀，天空下的爱丁堡城堡和古希腊建筑甘愿成为背景，将这座花园衬得古典雅致。

悠扬激昂的风笛声响起，穿过喧嚣的人群抵达心灵，飘向更远的地方。

演奏风笛的是一位身穿苏格兰方格裙的英俊男人，他边演奏边用脚打着拍子，沉浸在乐曲之中。

我忍不住驻足欣赏，就像是在听现场版的 *A Fond Wish*，古老淳朴的乐声出奇地让人感受到闹市中的宁静。

小孩子围着冰淇淋车，情侣相拥着靠在长椅上聊天，长裙女孩随着风笛声翩翩起舞，更多人躺在草坪上慵懒地晒太阳。

有饮料公司的推广人员在发放免费饮料，也有售卖小饰品的小摊散落一旁……

八月的爱丁堡，正值一年一度的国际艺术节，热闹中不失文艺。

想把这一幕记录下来，发现手机没电了，找林知逸时，发现他不知何时已不在身旁！

不会啊，刚刚看英俊的风笛手时他还在这里呢，怎么一眨眼的工夫就没影儿了呢？

环视一圈，想从人群中找寻林知逸和欣宝的身影。眼前是街头艺人和来来往往的游客，来自各个国家，锁定亚洲面孔，看看有没有旅行团的团友，居然一个熟悉的面孔都没发现。

不由得心开始慌了。手机没电，联系不上他，怎么办？是返回刚才走过的地方，还是继续往东走？要不然站在原地等他？他如果发现我丢了，应该会找回来。

左右寻思，最终我还是决定留在原地，继续听着风笛声看城市风景。

当然，此刻因为林知逸不在身旁，心里不太踏实，思绪跟着风笛声飘飞：他应该会找到我吧？我穿的这件红色复古长裙上的纽扣是昨晚他亲自给我补缝的，他肯定能在人群中一眼认出我吧？

想起昨晚在穿衣镜前试穿这件长裙，几粒扣子蹦了下来，林知逸笑着说："你看你因为太胖，都把纽扣挣脱了。"

我给欣宝讲睡前故事时，林知逸从酒店前台处要来针线包，挑灯夜缝扣，有种"慈夫手中线"的意味。

现在想起来既感觉美好又有些后怕，幸好昨晚试穿了裙子，否则今天穿裙子走路，扣子掉落走光，那可就成笑话了。

"看够了吧？我们走吧。"熟悉的声音打断了我的遐想。

"你从哪儿冒出来的？刚才你去哪里了，怎么也不跟我说一声？"我问。

"我和你说了啊,欣宝想去旁边小朋友玩的地方,我带她过去了。大概你当时看吹风笛的帅哥看入迷了,没注意到我说的话吧。"林知逸一脸云淡风轻,浑然不觉方才我内心的惊涛骇浪。

"我以为你把我弄丢了,手机又没电没法联系你,吓死我了!"我惊魂未定地说。

"你放心,你如果丢了,我一定是第一个找到你的人。"林知逸说。

"不对,我才是。"欣宝说、"上次妈妈去洗手间迷路了,还是我给她指的路。"

"……"那么丢人的事,请别在大庭广众之下说好吗?

继续往前走就是卡尔顿山,虽名为山,海拔并不高,攀爬几十级台阶便可到达山顶。

欣宝说走累了,林知逸便把她背了上去。

刚到山顶,忽然飘起细雨,打在身上温柔又清凉。爱丁堡的天气也真是神奇,明明刚才还蓝天白云、艳阳高照呢!

雨很快停了,站在卡尔顿山眺望远方,脚下是爱丁堡新老城区,远处是福斯湾和连绵山脉。

临走时,站在仿古希腊帕特农神庙风格的国家纪念碑前,林知逸帮我拍了一张照片。

画面上,白云和草地互相辉映,身穿复古长裙的我站在古希腊风建筑前，颇有古韵。

我对林知逸说："难怪爱丁堡有'北方雅典'之称，看这照片好像在雅典。"

"'雅典柠'别陶醉了，我们该走了。"

"嗯。"我紧紧拽住他的手，这回可不能再把自己弄丢了。

爱丁堡是一座城堡，也是一座城；生活中有晴天，也有雨天。

但我知道，只要和你在一起，晴天永远多过雨天。

斯特林城堡的传说

"下来吧。太危险了！"林知逸说。

我坐在斯特林城堡的城墙上，背对着林知逸，面前是一幅浑然天成的苏格兰田园画：白云悠哉，田野阡陌，远山如黛，草原辽阔，羊群和房屋是高地的人间烟火。

看着这幅开阔景象，好似心中装有天地，心境豁然开朗。

"这构图不错哎！不过你得侧坐着，相对安全一点。"

林知逸扶着我调整姿势，我重新以侧坐的方式看风景。

"完美！"林知逸拍完照片，将我从城墙上扶下来，"第一次拍照片这么紧张，生怕你掉下去。"

这堵城墙从里面看并不高，其实位于高耸的火山悬崖之上，从外面看，城墙距离地面有七十七米高。

"虽然背光，但明暗对比特别好。有远景，有中景，还有前景，关键是你坐在城墙上，这照片就有了灵魂和主题。"

不知道是不是我的错觉，怎么感觉他点评自己的摄影作品像是在夸我？

漫步在城墙步道，远眺山顶的华莱士纪念碑，想起以威廉·华莱士为主角的电影《勇敢的心》，那是毕业后来北京和林知逸一起看的第一部电影，印象深刻到有一段时间，凡是有人问："你最喜欢的一部电影是什么？"我总会答："《勇敢的心》。"

电影中的威廉·华莱士是为自由而战的苏格兰民族英雄，在行刑台上的生命最后一刻，还在呐喊着"freedom（自由）"。其中一句话尤其深入人心："每个人都会死，但并不是每个人都真正活过。"我会思考活着的意义，或许让生命活得更有价值才是生命的意义。

来到斯特林城堡，我才知道电影为了刻画主角并增强戏剧感，把原本属于罗伯特·布鲁斯的"勇敢的心"加在了威廉·华莱士身上。电影里的罗伯特·布鲁斯是个出卖华莱士的懦弱又自私的贵族，然而在苏格兰人民心中，罗伯特·布鲁斯不仅是班诺克本战役中击败英格兰军队的苏格兰民族英雄，也是苏格兰最骁勇善战的国王，他的雕像就矗立在恢宏的斯特林城堡前。

艺术来源于生活，有时和生活的真相又有一点偏差。但倘若没有看过《勇敢的心》，我也不会对斯特林城堡有初步认识。艺术只是帮助我们打开世界的一扇窗，窗里的真实世界还需要我们亲自去探索。

斯特林城堡曾作为苏格兰独立战争的重要堡垒，如今，战争的硝烟远去，除开城墙上安放着的黑漆漆古炮有防御森严的气氛，城堡中美丽的花园和装饰得富丽堂皇的内室，让人感觉这里更像是古代王宫。

"妈妈，好多独角兽啊！"欣宝对王室内厅悬挂的独角兽挂毯很感兴趣。

七幅"猎取独角兽"挂毯，讲述了为获得独角兽那据说具有净化神力的兽角而对其进行猎杀的故事。

"为什么他们要把独角兽抓住并杀死啊？"欣宝心疼画面上的独角兽。

书上对独角兽挂毯有不同解读，有人说独角兽代表耶稣，少女象征圣母马利亚，独角兽的重生是作品的高潮部分，象征着复活；也有解读说寓意王室爱情，少女的爱牵绊住了象征爱人的独角兽，令其变得驯服。

寓意太深刻，给欣宝讲完她果然似懂非懂，她有自己的解读："大概他们觉得独角兽是神兽，有魔力，想让它赐予自己力量吧。"

"有点道理。独角兽是苏格兰王室的象征，你看那些壁炉上皇

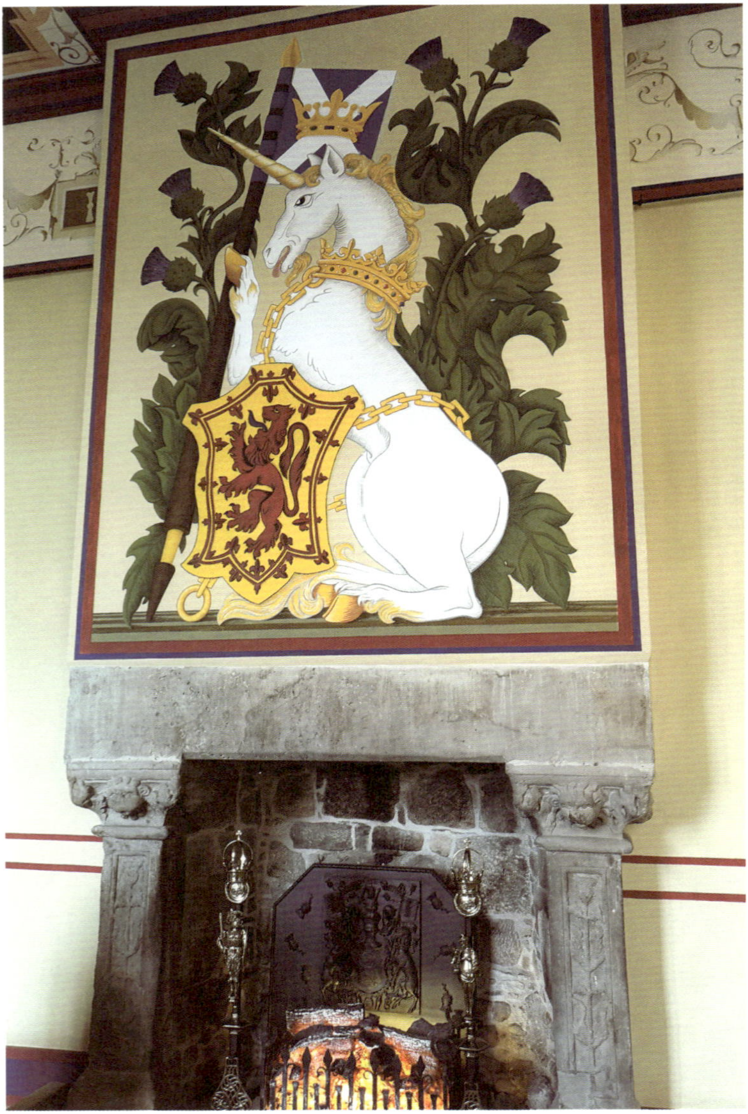

— 135

家纹章的图案也是独角兽。"

"天花板上也有啊！"欣宝仰头说。

天花板上的圆形徽章图案是两匹独角兽共同守护着高举王冠的盾牌。大概在苏格兰人看来，独角兽是他们的守护神吧？

王后寝宫不但配备了全套的古典家具陈设，还有穿着苏格兰古装的女侍，仿佛穿越到古苏格兰王宫。

吉斯的玛丽王后就曾居住在此，她的女儿就是有着传奇命运的苏格兰玛丽女王。玛丽女王在襁褓中继承王位，四岁被送往法国，十五岁与法国王子结婚，后成为法国王后。然而，法国国王早逝，她又回到苏格兰，此后就进入了她曲折离奇的命运，最终成为茨威格笔下悲情的断头女王。

"大柠，你要不要拍照留念，感受下女王的待遇？"

"不用啦。"我谢绝了他的好意。

城堡里的女王多数命运崎岖，我希望我的人生顺遂一些。

比起城堡里的女王，我更愿意做你尘世里的妻子，和你相依为命，平凡度过一生。

那些不期而遇的美好

上帝很忙，所以创造了善良可爱的人，于是，人世间才有那么多温暖有爱的故事。

六月，翻手机相册翻到和林知逸在三亚海边踏浪的照片，随手在计划本上写下今年夏天的愿望——

> 这个夏天，
> 想和你去一趟海边，
> 看碧蓝的海，
> 金黄的沙，
> 飞机划过天边，
> 海水漫过脚踝，
> 你牵着我的手，
> 对我说，
> 就这样互相陪伴，
> 直到永远。

孰料计划不如变化，六月没去成海边，八月倒是在英国邂逅了一片蔚蓝海岸。

有时，无心插柳柳成荫，不在计划中的美景更让人惊喜，就像那猝不及防的爱情。

你是我最毫无防备的一次浪漫

旅行之所以美妙，或许在于未知，在于那些不期而遇的美景。

在旅游景点遇见的美是如愿以偿的美，沿途漫无目的遇见的美是惊鸿一瞥的美。

那种美猝不及防地闯入你的眼帘，在你的内心掀起涟漪，就像是突然喜欢一个人，毫无防备，那个人就在你心湖投下影子，惊艳了你的青春。

在苏格兰旅行，有天入住一家名叫 Fairfield House 的酒店。没想到酒店附近的风景美得不可方物。酒店临海而建，海边有一片碧绿的大草原，草原上有马儿在吃草。

当辽阔的草原和大海同时出现，居然与记忆中内蒙古大草原、三亚碧海蓝天的画面重叠。

只有不远处的城堡提醒我，这里有欧洲风情。

来到海边，欣宝在沙滩上时而捡贝壳，时而挖沙子，时而奔跑。

我和林知逸看着她的身影，牵着手漫步沙滩。凉凉的海风灌满衣服，带着几分寒意。林知逸握住我的手，塞进他的外套口袋，顿时暖和许多。

走了一会儿，我们并肩站在海边眺望远方。

一望无际的大海望不到边。大海的尽头，夕阳正在缓缓落下，天边的云彩和沙滩都被映照成金色。

  林知逸突然松开我的手，弯下腰，用手指在沙滩上写字。

  待他写完，我走过去看，他写着——

大林 ❤ 大柠

我笑了，想起今年三月我去新疆出差在雪地里写的——

大柠 ❤ 大林

  无论是寒冬还是盛夏，无论是冰天雪地还是碧海金沙，无论是一个人旅行还是两个人旅行，我们始终深爱着彼此。

  这时，欣宝走过来，看了一眼沙滩上的字，她蹲下来画了起来。

  不多时，在"大林 ❤ 大柠"下方多了两只可爱的猫咪，猫咪中间还有颗爱心。

  一瞬间，觉得心间满满的爱意汹涌澎湃，仿若这爱意都可以把大海填平。

  小时候，最喜欢哼唱一首叫《爱》的歌："想带你一起看大海说声我爱你，给你最亮的星星说声我想你，听听大海的誓言，看看执着的蓝天，让我们自由自在地恋爱。"

– 141

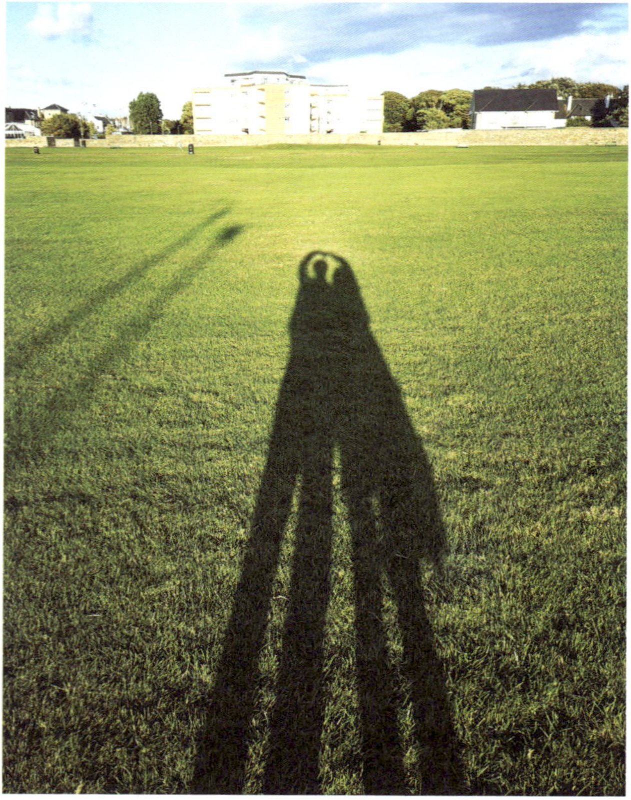

那时候，我憧憬我的未来，有个人愿意带我一起看大海，对我许下爱的誓言。

如今，我可以和爱我的人一起看大海，并在沙滩上留下爱的语言。

偶然邂逅大海是一种美，得偿所愿的爱情也是一种美。

太阳渐渐落到海尽头的山那边，只余彩霞满天。

风起了，我们该回去了。

欣宝说："我好舍不得我的画，它会被海浪冲走。"

我说："海浪冲得走画，冲不走爱。我们的爱是永恒的。"

欣宝似懂非懂地点点头。

我和林知逸一起牵着她的小手，在夕阳的余晖下，朝酒店走去。

鲜花海岸的爱情接力赛

一丛鲜花沿着海岸开放，与海边橙色屋顶相望。

"阳光沙滩，鲜花海岸，这地方真浪漫！"我由衷赞叹。

"让我想起一首歌——《花都开好了》。'颜色艳了，香味香了，花都开好了。你是我的，我有爱了，世界完成了……'"林知逸边唱边看着我。

莫名有种在海边被告白的感觉，还是用歌曲告白，和刚恋爱时没有两样。

"这是 S.H.E 的歌吧？林先生，你暴露年龄啦！"

"嗯，说明我们的爱情之花开得够久。"他好像从不在意岁月流逝。

"大柠，看着这风景，你有没有想起哪首歌？"他问我。

"你吹着风，不说话就很甜。"我说，"猜猜看是哪首歌的歌词？"

"这句话怎么像诗？是不是根据顾城的诗改的？'草在结它的种子，风在摇它的叶子，我们站着，不说话，就十分美好。'"

"林先生，你跑题了。我们在玩猜歌名呢！"

"猜不出。"他认输。

"天哪！我没想到我们之间的代沟居然有这么大！你还在唱世纪初的歌，我已经在唱新时代少女的歌了。"

"那有什么？你本来就是少女。就算我们会慢慢变老，但是你在我心里，永远是刚认识时的模样。"

好似海风轻轻掀起心底某个角落，心湖荡起涟漪。

"怎么能只记得刚认识的模样呢？那会儿我又丑又土。"我回忆和他初相识的画面，那会儿我不会打扮，经常戴副大黑框眼镜，有些自卑。

"我喜欢！"他揽过我的肩膀，无比笃定地说。

一刹那，心湖的花开了。

是了，因为你的喜欢，我也越来越喜欢我自己。

是你让我明白，原来，在这世界上，微不足道的我对某个人是那么的重要。

"再不用从别人身上去寻找信仰，爱上你，我学会心里面有花，就能够怒放。"

不好意思林先生，刚刚我淘气了，《花都开好了》那首歌我也会唱。

一只海鸥停留在路灯上，另一只海鸥立在屋檐与它深情凝视。

海边的长椅上坐着一对情侣，相拥着面朝大海，享受着夏日海边的温暖阳光。

都说圣安德鲁斯是高尔夫的故乡，其实这里也是个适合谈恋爱的地方。

威廉王子就是在这里遇见了他的凯特王妃，圣安德鲁斯大学是他们爱情滋生的地方。

圣安德鲁斯大学是苏格兰地区最古老的大学，在英国排名仅次于牛津和剑桥。大概因为这是一座美丽的海滨大学，当年威廉王子才选择在这里就读吧？

我们来到圣安德鲁斯大学的学院内，四周是古老的校园建筑，中间是绿丝绒般的大草坪，草坪的大树下有一把长椅。

林知逸示意我坐在长椅上给我拍照留念。刚在长椅上坐下，某

- 鲜花海岸的长椅上坐着一对享受日光的情侣。

年某月我和林知逸在校园相识的画面就浮上心头。没想到在别人校园爱情萌芽的地方,居然会让我的回忆之花盛放。

"据说圣安德鲁斯大学享有英国'配对率最高大学'的称号,你说是不是因为这大学在1413年建校,象征着'一世一生'?"我站起身对林知逸说。

"我倒没想这么多,读大学时本来就是荷尔蒙分泌旺盛的时候,如果遇到喜欢的人,一拍即合很正常。"

"大林,告诉你一个小秘密哦!"

"什么?"

"这里是我高中暗恋对象的大学。"我说。金发王子威廉在少年时英俊逼人,曾经是我少女时代的偶像。

"可惜啊,你曾暗恋的对象娶了别人,头发也日渐稀少。"林知逸不以为然地说。

我一边为威廉王子的发量感到深深的忧伤,一边说:"他幸福就好。"

"他当然幸福,在大学念书收获学位的同时收获爱情,和我一样幸福。"某人说话的时候确实一脸幸福。

爱情来临的时候,不管你是王公贵族,还是凡夫俗子,都可以同样沐浴在爱河。

而最幸福的事,莫过于和你结婚的那个人恰巧就是相互喜欢的人。

挂满果实的苹果树枝丫从斑驳的围墙探出头来，似乎要亲吻一旁的路灯，也或许是想看看这个古老的小镇又在发生怎样的故事。

不知道这棵苹果树几岁了，它应该还年轻，不像圣安德鲁斯大教堂历经几个世纪，见证了这座中古小镇的近千年历史。如今，圣安德鲁斯大教堂已成断壁残垣，却依稀可见当年的辉煌。

距离大教堂不远的海边，矗立着圣安德鲁斯古堡。在历史的烟尘中，古堡也已化为废墟，仅有一栋三层石头房子诉说着这里曾发生过惊心动魄的故事。

历史的故事就交给历史，现在的故事正在发生——

方才坐着情侣的海边长椅上已换了新角色，一位穿红裙的女士坐在长椅上，她的先生举着单反相机跪在一旁的草地上为她拍照。

我和林知逸路过，那位先生请林知逸帮他们拍了一张合照。礼尚往来，他也给我和林知逸拍了一张坐在海边长椅的合照。

忽然觉得爱情如同长跑接力赛，每对相爱的情侣都可以把爱情接力棒传给下一对。

希望我可以把我的爱情接力棒传给正在看这本书的你，单身的能遇见对的人，相爱的就一直好好地幸福下去。

人世间的爱与温暖

坐上前往格拉斯哥的大巴，窗外是无尽的原野，一路洒满阳光，排列整齐的草滚静悄悄地躺在草地上。偶尔蹦出的几只羊羔为这田园画增色不少。

眼前突然闪过一片紫色薰衣草花田，恍惚还看到一架白色钢琴立于花田间。

这画面好像在哪里见过？

想拿起手机拍下这浪漫风景时，车子早已一路向前飞驰，窗外哪里可见方才那般景象。

这才想起那画面好像在梦里见过，在大巴与风景擦身而过后，车窗外邂逅的令人惊鸿一瞥的风景竟也如梦境般缥缈了。

其实，我只想缓缓走着，用心看沿途的景色。无奈时间就像这不停前行的大巴，未等你看清生命风景，人生已过小半。

下了大巴，远远地，一座哥特式教堂映入眼帘。这座历经三百多年建成的格拉斯哥大教堂，我曾听一位在英国留学的朋友提过。

通常初次走进某座教堂，会有一种庄重肃穆之感，奇怪的是，这次却觉得分外亲切。

阳光透过彩色玻璃窗照进来，给古老的教堂镀上一层明黄。

简直和朋友描述的一模一样——"到格拉斯哥你一定要去看格拉斯哥大教堂,当阳光倾泻下来,彩色玻璃窗的光线映在斑驳的墙壁上,好看极了!我如果心情不好,在那里坐上小半天,会觉得周身充满阳光。"

大概是因为朋友描述过,所以初次到来我就有故地重游般的亲切。

我忽然想到:梦见的画面,朋友描述过的场景,书里看到的照片,在未来现实的某一刻相遇,算不算是一种梦想与现实的重逢?

我很想像我朋友一样,什么都不做,就那样静静地在教堂坐上半天,任时光在内心缓缓流淌。

但我只是个过客,林知逸拉着我的手,告诉我,我们该走了。

教堂门口的路灯十分独特,路灯上方的图案由一条鱼、一只钟、四根树枝和一只鸟组成。教堂为纪念格拉斯哥的守护神圣蒙戈所建,图案上的象征与圣蒙戈的传说有关。

据说鸟是知更鸟,钟是永远敲不响的钟,树枝是重燃篝火的树枝。鱼最显眼,故事也较为复杂:王后丢了戒指,国王怀疑王后不忠,将戒指给了情人。圣蒙戈令人去捕鱼,发现戒指就藏在鱼的肚子里,为王后洗脱了罪名。原来是国王自己把戒指扔进了河里。

姑且不管这个传说是真是假,故事本身总能为教堂增添几分传奇神秘的色彩。

走在回大巴的路上，我问林知逸："你说国王为什么要把戒指扔河里，却诬蔑王后有罪呢？"

"只是个传说而已，何必当真？"

"你说是不是因为国王自己在外面有情人了，想先下手为强？"我发挥想象。

"如果他有情人了，除非他想和王后离婚，否则不会冤枉王后的。"

"那会不会国王想考验王后对自己是不是真爱？"我又问。

"女人怎么总喜欢打破砂锅问到底啊？何况我又不是传说的缔造者。"

"你是传奇的缔造者。"我一本正经地说。

"怎么说？"

"只是因为在人群中多看了你一眼，再也没能忘掉你容颜……"我唱起了《传奇》。

林知逸笑了，丢给我两枚硬币："唱得不错，爷赏你两个钢镚儿。"

"敢情你把我当成街头卖唱的了，我可是为你独家演唱。"

"你想多了。待会儿要在车上待两个小时，那边有个公共厕所，你带欣宝去把人生大事解决一下。"

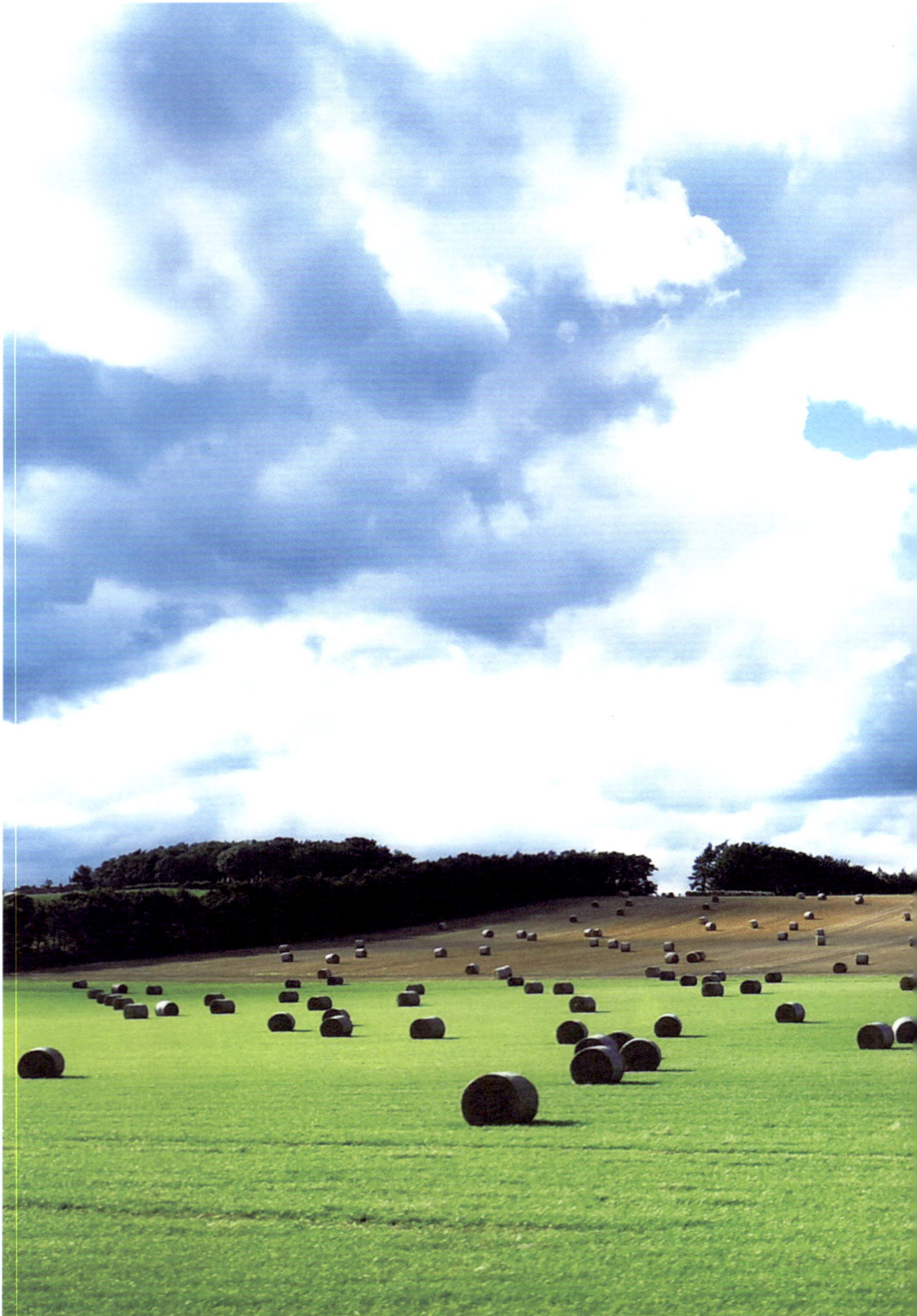

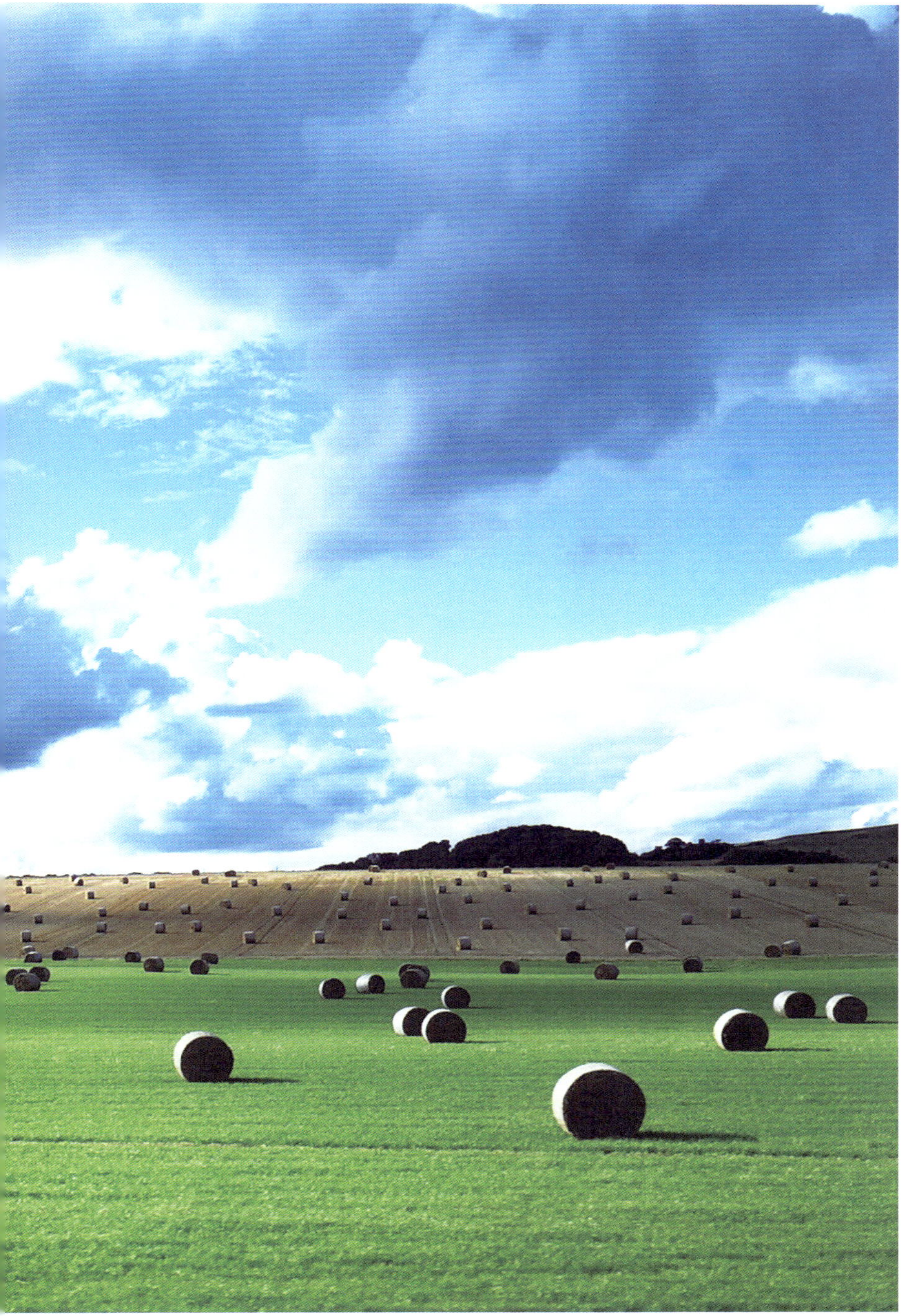

和国内不同,在英国去洗手间是收费的,一次二十便士。

这是一个需要投币才会开门的公共卫生间,我投入二十便士,结果门半天不开,我又投入二十便士,等了一会儿,门终于开了。

我和欣宝走进去,我让欣宝先上洗手间,她瞥了一眼钢制的马桶,傲娇地说:"我不习惯上这样的厕所,我不急,等我到酒店再去。"

"还挑三拣四啊!出门在外,要懂得将就。"我边说边准备。

结果,门突然猝不及防地开了!我几乎吓了一跳,还好我拖拉了一下,还好我穿的是长裙,否则不是要被离厕所不远的一群人看光光了吗?

欣宝却在一旁幸灾乐祸地狂笑:"哈哈,我就说这里的马桶不好嘛!"

等了一会儿,门都没合上。我心有余悸地出去查看情况,结果刚才死活不肯合上的门魔幻般地合上了!

林知逸给我的硬币已经用完了,我站在厕所前伤脑筋,打电话让他送过来可能来不及,但不上厕所又怕待会儿在车上着急。

正在踌躇之际,有位外国白发老太太走过来,直接投了一枚硬币,门听话地开了。

我以为老太太是自己要去卫生间,孰料她微笑着对我做了个"请"的手势,让我先用卫生间。

我边向她道谢边进了卫生间。

出来后，白发老太太早已不见踪影。

忽然觉得很神奇，有种在教堂附近遇见天使的幻觉。

在英国旅行的这一路，也并非没有曲折。

比如参观大英博物馆时，我发现我的手机丢了，林知逸到处帮我找都没找到，请导游帮忙打电话去吃饭的餐厅也没找到。怀着低落的心情，我们去看了木乃伊。

后来，上了大巴，有人举起手机问："这是谁的手机？"

那一刻，真是觉得全世界都亮了。原来，我的手机丢在了大巴的座椅下面，刚好被团友捡到了。

想起剑桥的明信片失而复得时，朋友楚涵对我说："上帝宠爱善良的人。"同时又说："不过，上帝很忙的，尽量少给上帝制造麻烦。"

是啊，上帝很忙，所以创造了善良可爱的人，于是，人世间才有那么多温暖有爱的故事。

在最浪漫的国度做最浪漫的事

何其有幸，以爱为名的我，来到了以爱为名的国度爱尔兰。在有生之年，见到了什么叫天涯海角，见到了什么叫海誓山盟。

第一次见到莫赫悬崖是在西城男孩 *My Love* 的 MV 里，歌曲唱到高潮处画面从城市街头切换到辽阔的大海，一座蜿蜒的峭壁悬崖巍然矗立在海边，初见便令人惊艳。

第二次见到莫赫悬崖是在电影《哈利·波特与混血王子》里，哈利·波特和邓布利多为了找出伏地魔不灭的原因，在天空中帅气地飞行，飞向了悬崖的一个岩洞。

第三次见到莫赫悬崖是在电影《闰年》中，女主角安娜站在悬崖边眺望大海，男主角德克兰来到她身后，向她表白，平常凡事顺其自然的他要为她开始计划未来，并单膝跪地向她求婚。

只是，从来都没想过，我居然会来到影片中的画面取景地，亲自站在莫赫悬崖边，并和喜欢的人一同来到这里，上演属于我们自己的故事。

其实当初看《闰年》还是林知逸推荐给我看的，他说："这部电影你看了一定有共鸣，因为女主角和你一样都是生活小白，住个旅馆动静不小。"

这次去爱尔兰，我们在都柏林前往莫赫悬崖的大巴上二刷《闰年》。

两个欢喜冤家相遇了,小吵不断,却一吻定情。影片最后,男主角跪下来向女主角求婚时,女主角说:"我从来都没想象过你单膝下跪的样子。"

林知逸在一旁说:"我最近天天给你单膝下跪,跪着拍照。"

我笑了。这话没毛病。

大巴抵达莫赫悬崖时,外面飘着细雨,导游说:"咱们这一路基本都是晴天,到行程尾声也该下点雨了。"

有人遗憾道:"那我们就拍不到好看的照片了。"

导游说:"那我把我之前来这里拍的照片发群里,你们发朋友圈时用。"

我和林知逸带着伞和雨衣下了大巴。

刚下车,就感觉到来自大西洋的风雨并不十分友好,吹在身上带着寒意,我赶紧帮欣宝把风衣纽扣扣好,并给她穿上雨衣。

莫赫悬崖旁边有个旅游纪念品店,我见雨未停,就对林知逸说:"要不进去躲躲雨,说不定出来雨就停了。"

"好啊!我想进去看看有没有我要的东西。"林知逸还没回答,欣宝就迫不及待地说。相较看景点,逛小店她更喜欢。

作为三人小团队,两人投了赞成票,林知逸也不反对。于是我

– 159

们一起走进纪念品店。

进去随意逛了逛,突然我眼前一亮——柜台上闪闪发亮的戒指不正是《闰年》里男主角向女主角求婚的克拉达戒指吗?

电影中,男主角说,如果家里发生火灾,只给他六十秒时间,他最想带走的是外婆留下来的克拉达戒指。

我拿了一款与电影同款银色的克拉达戒指,选了我的尺寸试戴。

打算结账时,林知逸说:"戒指这种东西当然是我送给你。不过相比较银色,我更喜欢金色。"

"可是我也蛮喜欢银色。"因为喜欢《闰年》电影的缘故。

"那就两款都买。随着你的心情想戴哪款戴哪款。"

林知逸大手一挥,让售货员把两款戒指都打包结了账。

待我们走出纪念品店,雨居然真的停了!原本阴沉沉的天空渐渐拨开云层,绽出一片蔚蓝,呼应大西洋一望无际的蓝。

莫赫悬崖景点有两条栈道,往左走直接去悬崖边亲临其境,往右走可以站在古堡边旁观悬崖,反而能看清悬崖全貌。正所谓"当局者迷,旁观者清"。

我们先往右走,做个旁观者。

站在护墙边,面朝大西洋,看海浪拍打悬崖。

对望莫赫悬崖，锯齿状的黑色峭壁好似错落有致的黑巧克力蛋糕，上面的草坪仿若漫不经心洒上的抹茶。

千百年来，莫赫悬崖一直矗立在大西洋海岸，任凭巨浪滔天，我自岿然不动。

闭上眼睛，大海的声音、风的声音、海鸥的叫声交织在一起，有种奇妙的空旷灵动。

海风径自把我的头发吹乱，但因为阳光从云层中露出笑脸，海风吹在身上也没了寒意。

"离集合时间只有四十分钟了，我们也去悬崖边看看吧。"林知逸提醒我。

于是我们往左边走去。

通往莫赫悬崖的栈道两旁是碧绿草坪，还有几头牛在那里悠闲地吃着草。

漫步其间，海风扑面，只觉天地辽远，心地开阔。

来到悬崖边，可以望见对面悬崖的古堡。

林知逸说："我给你拍张照片吧。"说着他就举着相机跪下来。

我对他笑了笑，谁知他并没按下快门，而是拿出刚才买的金色克拉达戒指，问我："如果让你再选一次，你还会选择跟一无所有的我一起打拼吗？"

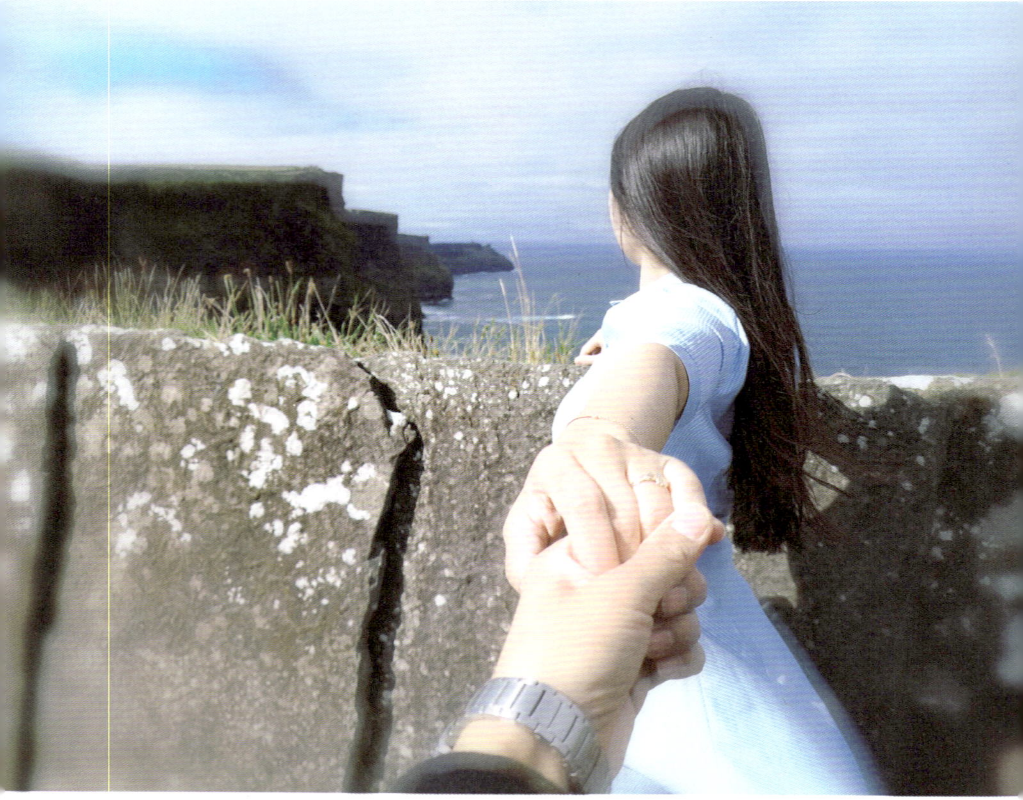

刚听完这句话，眼泪唰的一下汹涌而出。我们一起吃过的苦、尝过的甜都历历在目。

曾经很多人对我说"面包和爱情，你不要只想着爱情"，我却坚定地认为，只要有爱情，就可以创造一切，包括面包。

事实上，我庆幸当初做了明智的选择。面包哪里都有，爱情却可遇不可求。

我哽咽着说："我愿意。"

林知逸给我戴上戒指，金色的克拉达戒指在阳光下熠熠闪光。

克拉达戒指的造型是两只手环抱一颗爱心，爱心的正上方有一个皇冠，寓意"With my hands I give you my heart, and crown it with my love（用我的双手捧上我的心献给你，并冠以我的爱）"。

据说用克拉达戒指做婚戒，在爱尔兰已有三百多年历史。

"我选择金色是因为金戒指代表金婚。"林知逸说。

原来如此，考虑得很长远。

想起那枚《闰年》同款的银戒指，我说："那就让我们慢慢从陶婚走到银婚再走到金婚。"

林知逸起身，拉着我的手，面朝大海说："你以前总说我求婚一次你就答应亏大发了，今年我求婚两次你是不是觉得赚到了？"

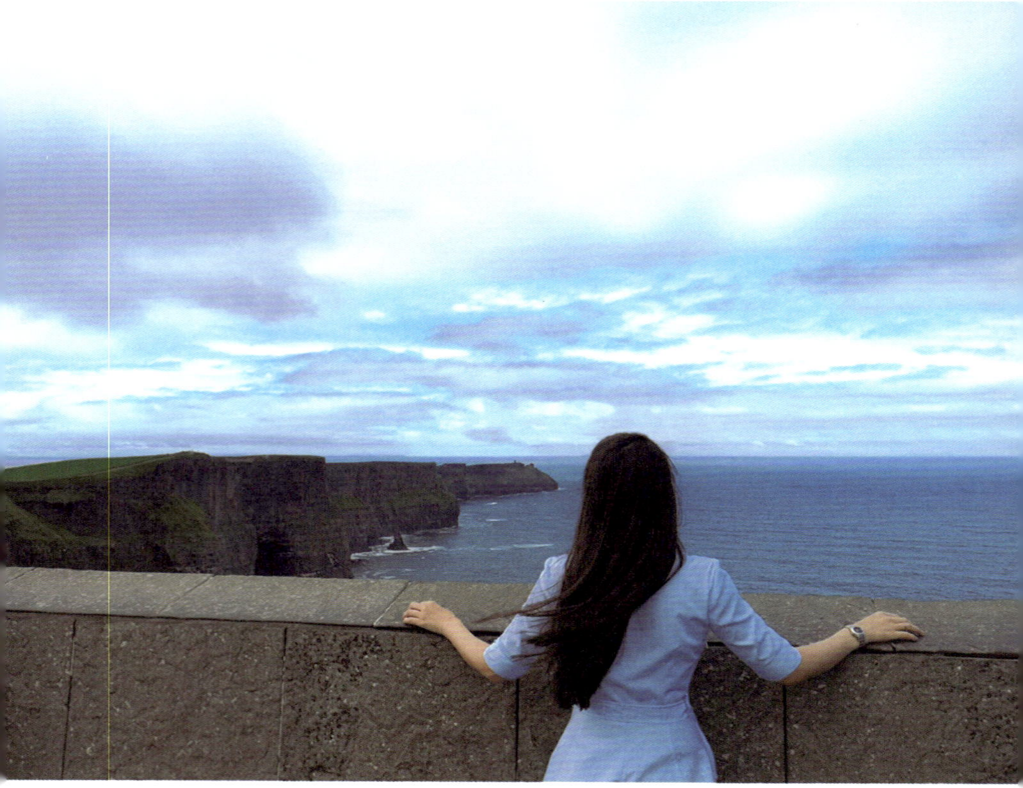

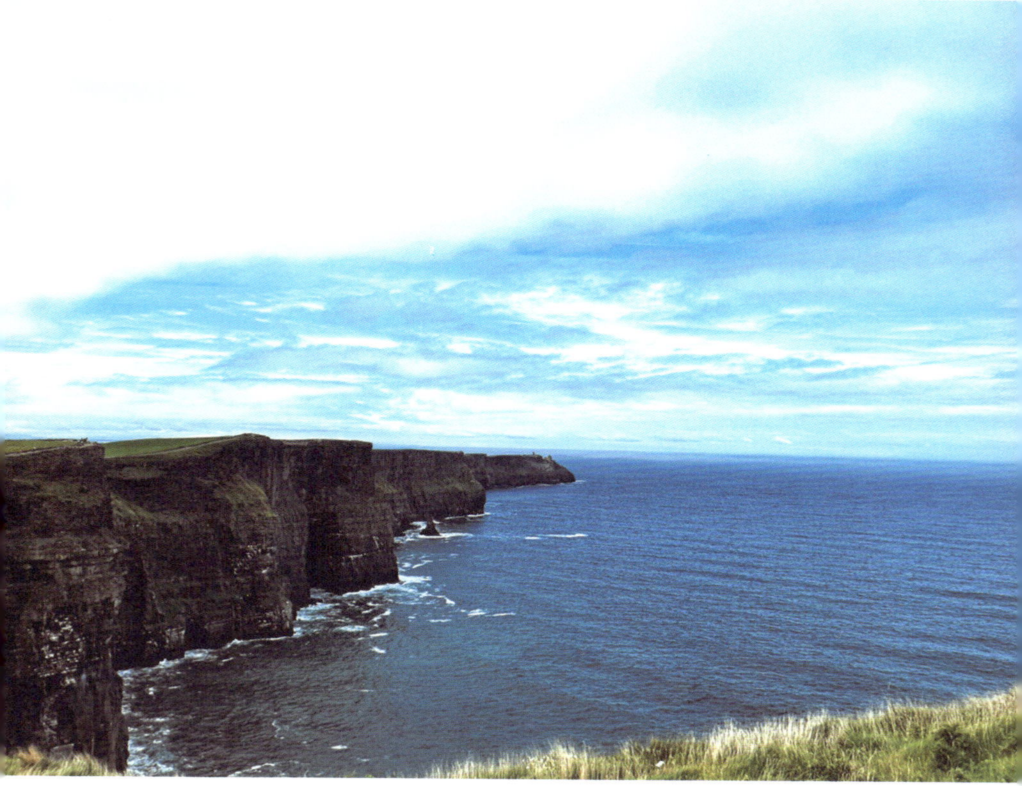

我含泪微笑："赚到了。"

回想起今年情人节，我和林知逸在三亚度假。他排队买了一对对戒，我疑惑怎么不爱戴饰品的他会买对戒。

原来，他是用来向我求婚的，求婚时互相给对方戴上戒指。

还记得他当时单膝下跪对我说的话——

他说："大柠，跟着我后悔吗？"

也不知是在天涯海角的三亚，还是此情此景让没有举办婚礼的我有种婚姻的仪式感，当时我的眼泪一下子涌出眼眶。

我说："我从来都不后悔。遇见你是我这辈子最幸运的事。"

他说："当年结婚我太穷，没能为你举办婚礼。明年结婚十周年，我为你举办一场海边婚礼。"

听完，我愈加感动，瞬间泪流满面，是幸福的泪。

其实，我们有时候并不是一定需要一场婚礼去证明爱情。走过近九年的婚姻，我发现，婚姻如人饮水，冷暖自知。仪式虽重要，但所有仪式皆是锦上添花，重要的是爱情本身得是一匹美丽的锦。

站在悬崖边，往前一步是深邃的海洋，往后一步是漫长的人生。

这个时候，愈加清楚谁是和我一起携手共度余生的人。

曾经，我不相信这世界上有海誓山盟，我觉得那是电影里捏造的桥段与我无关。

而现在，林知逸在情人节的发源地爱尔兰，在欧洲最高的悬崖莫赫悬崖向我求婚，为我戴上戒指，我觉得这就是海誓山盟，这就是世界上最浪漫的事。至于海边婚礼，对我来说可有可无。

何其有幸，以爱为名的我，来到了以爱为名的国度爱尔兰。在有生之年，见到了什么叫天涯海角，见到了什么叫海誓山盟。

再仔细听那海浪和风声，我仿佛听到有人在哼唱爱尔兰诗人叶芝的那首《当你老了》——

> 多少人曾爱你青春欢畅的时辰，
> 爱慕你的美丽，假意或真心。
> 只有一个人还爱你虔诚的灵魂，
> 爱你苍老的脸上的皱纹……

Chapter 3
山长水远,你依然在我身边

我在行走世界，你却在我的心上行走。

旅行是一辈子的事，爱你也是一辈子的事。

山长水远，你依然在我身边

我们需要不断成长去适应这个世界的变化，但总有一个人，让你在他面前不需要长大。

当年怀着渴望爱情天长地久的美好心愿，我和林知逸选择了在九月九日这天领结婚证。从此以后，每年九月九日成了我们生命中的特殊节日。

结婚九周年前夕，我们商量着结婚纪念日去哪儿——

"我希望去个名字里带'九'的地方，寓意长长久久。"我提议。

"九如山？"林知逸说。

"春天的时候不是刚去过吗？最好去个我们都没去过的地方。要不我们去九华山？"

"九华山是地藏菩萨道场，节假日去参禅拜佛的人很多，前两天新闻里还说游客多到都排队打地铺了。而且，结婚纪念日是不是适合去浪漫一点的地方？"

浪漫的含"九"的地方？

我忽然想起以前有个同事来自江西九江，她家乡最闻名的景点是庐山。苏东坡来庐山游历时写下"不识庐山真面目，只缘身在此山中"，陶渊明在庐山脚下归田园居时写下"采菊东篱下，悠然见南山"。诗意生活自然令我心生向往，我毫不犹豫地决定："我们去九江的庐山吧，长长久久，山高水长。"

人间四月芳菲尽，山寺桃花始盛开

原以为庐山像泰山一样巍峨高耸，见面后才发现庐山不以高耸见长，以连绵见长。如果说北方的泰山像高大的男人，南方的庐山则像温婉的女人。

女人是细腻柔美的，连名字都美如诗。

如琴湖坐落西谷，峰岭环抱，因湖面形如小提琴而得名。凭栏望去，青山碧水间，雅致的水榭立于湖心岛，曲桥将之与岸边相连。

"水是眼波横，山是眉峰聚。"眼前如此美景让我不由得想起这句词。

"欲问行人去那边？眉眼盈盈处。"林知逸看着我，说了下一句。

"看山水别看我啊。"大庭广众之下，我被看得不好意思，忽然想起什么，"你是不是以前给我写过类似这句词的三行情诗？"

"有吗？我怎么不记得了。"林知逸说。

"我记得。"我说。

你的眉微弯，似山；

你的眼含情，似水；

你一笑，我就沉醉在无尽山水。

我把林知逸写的诗原封不动念出来，他笑了："我想起来了，还是上学时给你写的吧？那时候我还不知道王观这阕《卜算子》。"

"那就是古今都有相似的通感，他把山水比喻成眉眼，你把眉眼比喻成山水。"我说。

自古以来，山水仿若一对如影随形的恋人，一座山有了水的滋养，就有了温度和灵气。

"我发现我的记忆力大不如前，给你写过的情诗，我都记不得了。"林知逸感叹道。

"没关系，你不是有我这个御用书记员吗？专业记录大林情话，一百年不变。"我指天誓日。

"虽然我说过的话不一定记得，但我一定记得我会一直爱你。"他伸手拥住我。

望着盈盈山水，我们从前在校园人工湖相拥的场景浮出水面。

或许，我就是我们恋爱时光的拾荒者，在回忆里找寻那些美好的点滴，用文字封存，那样可能就凝成了经年以后的琥珀吧？

沿着如琴湖信步游览，不多时便见一扇石门，上书"花径"二字，两侧楹联写着"花开山寺，咏留诗人"。

走进石门，曲径通幽，一条蜿蜒小道伸向花径亭，路旁姹紫嫣红开遍。花径亭得名于亭中白居易手书的"花径"二字，离亭不远

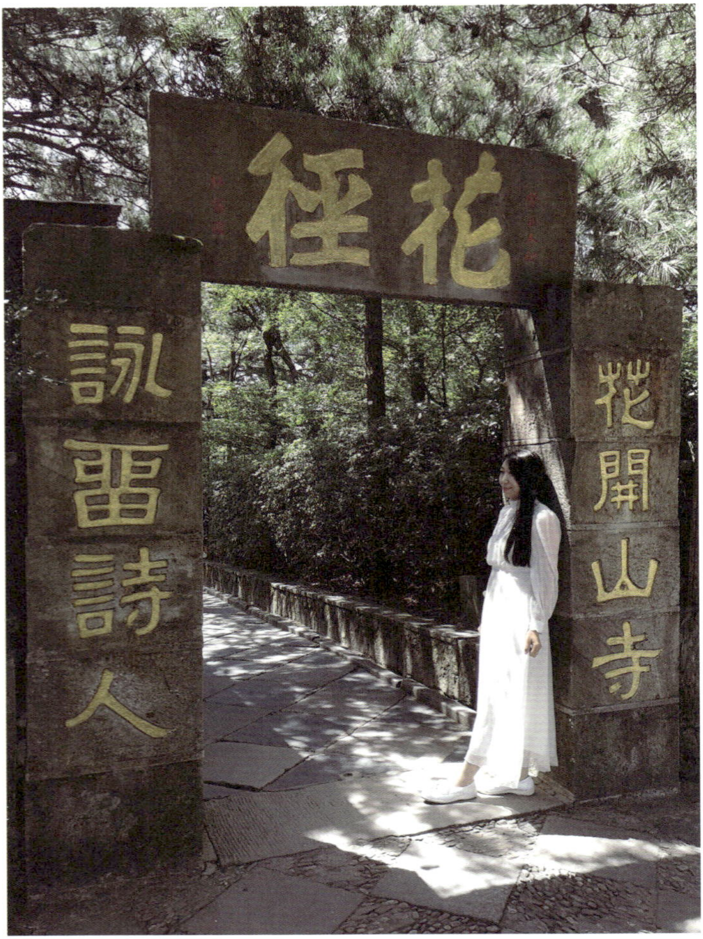
花徑
花開山寺
詠畱詩人

处的大树下，一块石头上镌刻着白居易当年在此处写的诗《大林寺桃花》——

> 人间四月芳菲尽，山寺桃花始盛开。
> 长恨春归无觅处，不知转入此中来。

我和林知逸站在石头前，一同念了这首诗。

时隔千年，那座名为"大林寺"的山寺现已沉没如琴湖，不复存在。诗歌却穿越千年，沉吟至今。

我相信，好的诗是永恒的，好的爱也是永恒的。

想象着春天桃花盛开时的美好景象，继续前行，竟然抵达另一番天地。

一间白墙草房浮现眼前，草房前立着位捋须沉思的古人雕塑。想必这古人就是白居易，草房就是传说中的白居易草堂了。

草堂前两畦地开遍黄色小花，小花尽头有一面湖，湖面粉色睡莲盛开，白云晴空、青翠树林倒映其中，宛如世外桃源。

我们仿佛误入桃花源的武陵人，万般流连如许景色。

遇见担着新鲜野果上山的老者，我们买了一兜水果，坐在湖对面的亭子里，吃着野果聊人生。

"大林,这种世外桃源般的生活是不是你一直向往的?"我问林知逸。

"是挺向往的,像是小时候的生活。"他看着平静的湖面说。

"大概回不去的时光都是向往的生活吧?其实,在城市里待了那么久,如果真的解甲归田也不一定适应。"

"无所谓了,你适应哪里我就在哪里。"他一贯随遇而安。

"对了,你有没有发现,古代在家修行的诗人都有别号,比如李白号青莲居士,白居易号香山居士,苏轼号东坡居士,李清照号易安居士。'易安'来自陶渊明的《归去来兮辞》:倚南窗以寄傲,审容膝之易安。"

"'易安'一词真妙,哪怕是简陋的小屋也可以住得很舒服。"林知逸说。

"我不是也爱好佛学,在家修行嘛,我也想有个别号,你觉得叫什么居士好呢?"

"你叫比翼居士,我叫连理居士。"

"……"让你给我取个别号,怎么还给自己取上了?

"在天愿作比翼鸟,在地愿为连理枝。"大概他的灵感来源于白居易这首诗,只是不知,如此眷恋红尘的别号,修行的道行能提升吗?

邂逅五湖乘兴往，相邀锦绣谷中春

我们来庐山时正值白露，酷暑退去，山峰仍眷恋着盛夏，锦绣谷满目青翠。

锦绣谷据说是东晋高僧慧远采撷草卉之处，因其四时花开、灿烂如锦而得名。

历代文人雅士途经此地总要吟诗作赋，陆游写过"丹葩绿树锦绣谷，清波白石玻璃江"，孔武仲写过"江城三月芳菲尽，浅紫深绯到谷中"，王安石写过"邂逅五湖乘兴往，相邀锦绣谷中春"。

"三四月来可以欣赏花径的桃花，也可以欣赏锦绣谷的烂漫。我们来得好像不是时候。"初次来庐山，有些遗憾未见到庐山最美的样子，就好像错过了一位美人的豆蔻年华。

"你得有'我见青山多妩媚，料青山见我应如是'的心态，这样，你每次见到的山都是属于你自己的山。"林知逸作出邀我赏山的手势。

"我明白了，就像虽然我当初遇见你的时候，你已经是大四的老学长，虽然我没见到你更青涩的模样，但我还是喜欢上了你。所以，我看到这座山，就算它不在最美的时节，我还是喜欢它。"我恍然大悟。

"什么是大四的老学长？人家那时候明明是小鲜肉。别忘了，我去打印室打印论文资料，可是被老师当成大一新生赶出来的！"

林知逸说。

"也对，和现在相比，你那时候是挺小鲜肉的。"

"青山从远古时代就存在，没人嫌山老。人随着岁月增寿，却被嫌老。唉，人不如山啊人不如山。"林知逸长叹。

"那是因为青山的样貌不老，每年都能呈现四季不同的风采。不过，你虽然不如山高大，不如山好看，不如山四季变幻，但你在我心中依然挺拔如山。"我安慰他。

人生短暂，青山的一年已经呈现了人的一生。从这个角度，我们来得正是时候，我们处于人生的夏季，也见到了夏季的青山。

"我是山，那你就是水咯。我俩就是山水长相伴。"他笑道。

"那我呢？"欣宝突然冒出来问。

"你呀，你是山间流淌的小溪啊！"我说。

"才那么少啊，我得是湖水。"欣宝不服地说。

"啊——西湖的水，我的泪……"不知怎么，我自然而然地接上了这首歌词。

"还用春天来这里吗？有你俩在身边，四时皆是春。"林知逸在一旁笑。

方才在花径可以闲庭散步，此时沿着锦绣谷的石阶拾阶而上须步步小心。

锦绣谷中不乏奇石,一块巨石自山崖凭空伸出,犹如凌空的一座桥,一如它的名字"天桥"。传说此桥乃金龙所化,救了当时和陈友谅大战败逃至此的朱元璋。山谷间云雾蒸腾,又有神话加持,好似蓬莱仙境。

过往的游客纷纷踏上天桥,只要抬起脚,选好拍照角度,好似从天桥踏上对面的悬崖,一个个仿若成了会武当绝学梯云纵的民间高手。

这种看起来高难度的动作,我和林知逸自然不会错过,留下了走悬崖如履平地的"照骗"。

前行中偶遇一块平地而起的巨石,看起来并没什么特别,但路过的人们都会上前摸一摸这块石头。

走近一看,原来这块石头上刻了三个大字"好运石",人们都想讨个好彩头。

这块横空飞来的石头浑然天成,据说摸一摸就会有好运。

有个带团的导游说:"一摸官运,二摸财运,三摸桃花运。"

有人问:"摸四下呢?"

导游答:"摸四下就要怀孕了。"

众人乐了。

不一会儿,有人路过说:"一摸身体健康,二摸财运滚滚,三摸事业顺利。"

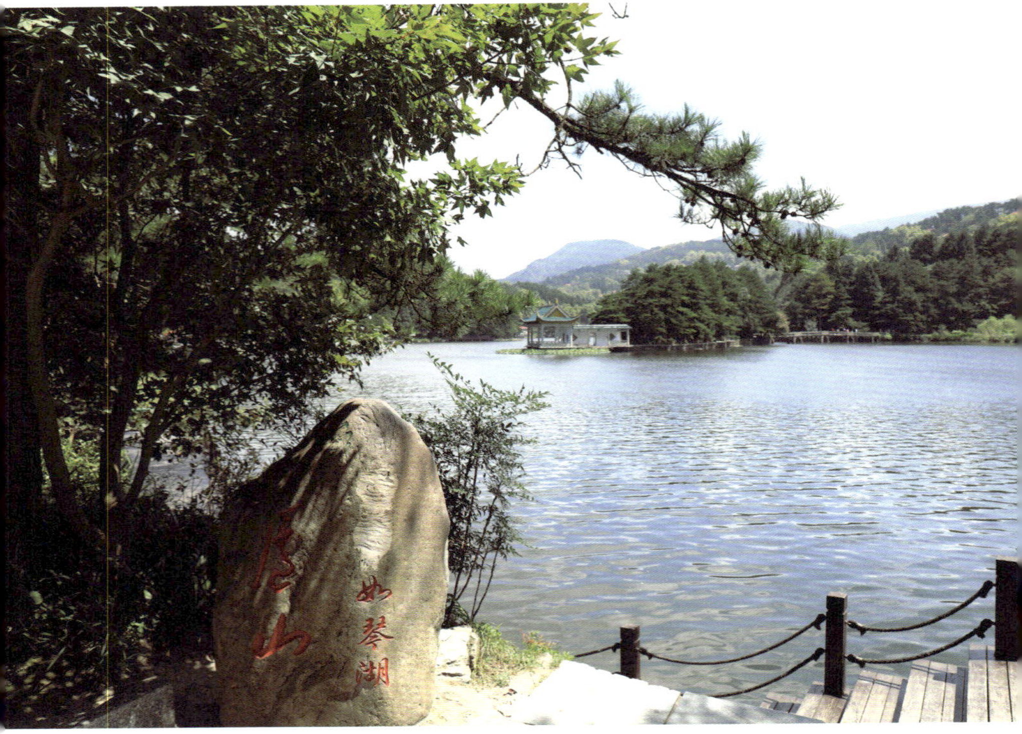

还有人说："一摸一年好运，二摸十年好运，三摸一生好运。"当我经过"好运石"时，不知怎么在上面摸了三下。

欣宝问我："你怎么不摸四下？"

"为什么摸四下？"我反问她。

"我想要弟弟妹妹，你摸四下就怀孕了。"她如是说。

"……"我和林知逸面面相觑，怀孕这种事需要顺遂天意，也需要我俩努力。

为什么摸三下？后来我仔细想了下，大概每个人对"好运石"都有自己的理解。我和林知逸在结婚九周年之际来庐山旅行，我潜意识里认为，一摸结婚九周年快乐，二摸百年好合，三摸三生三世。

或许是看过"三生石"的缘故，总觉得能和喜欢的人三生三世在一起，才是最好的运气。

飞流直下三千尺，疑是银河落九天

初秋的早晨，沿着蜿蜒石阶一路而下，不知不觉已下行到山谷之中，两侧是峭壁绝崖，头顶是一方蓝得近乎透明的天空。

"好累啊！"欣宝停下来，坐到一旁的石凳上休息。

林知逸拿了饮料递给她："喝点水补充能量。"

"还要走多久啊？"欣宝喝了一口水，有些不耐地问。

"一共3300个台阶，我们大概走了一半，依照我们的速度，还得一小时吧。"我说。

"还要这么久啊！"欣宝说。

"你是爬过长城的女汉子，爬庐山不算什么吧？"我给她打气。

"这明明不是爬，是往下走，好不好？"欣宝纠正我。

"人往高处走，水往低处流。但为了看庐山瀑布，我们也得顺着水流的方向往下走了。"林知逸说。

"世俗中人都想走上坡路，却不知有时候往低处走，可以看到不一样的风景。"我不禁感慨道。

"因此这就是山中隐居者独享的快乐了。"

"且谐宿所好，永愿辞人间。"李白当初隐居庐山写下的这句诗浮现在心头，倘若真能卸下红尘中的种种，隐居在此山清水秀之地，确实有如神仙般逍遥。

山路委实陡峭，自古又有"上山容易下山难"之说，为了一睹庐山瀑布的芳容，我们必须先闯下山这关。

上山、下山须走同一条路，我看到返程的人们不乏面带倦容、手脚并用往上爬的，而下行的人们有的即便穿着宽大的汉服和高跟鞋走得也看似轻松。

知道前方是一处绝世佳景，就如同定下一个目标，人们为了达成目标，意志坚强得不可思议。而一旦看过美景，往回返，心情自然不及初来时那么兴奋，连脚步都乏力了。

大概考虑到观瀑布的这一路崎岖坎坷，景区有那种抬人上下山的竹轿，根据路程明码标价，价格在580元到1280元之间。

"你要坐轿子吗？"林知逸问我。

"不用。"我连忙摆手，"总觉得坐竹轿的不是阔太太就是老弱病残，我不需要。"

"奇怪了，之前要坐缆车的那个人是谁？"

"哈哈，要是知道那缆车只是到一叠泉入口，想要看三叠泉还要走三千多个台阶，我宁愿走到入口。"我说。

"因为坐了缆车，我全程爬山的梦又破灭了。"林知逸喜欢户外活动，爬山自然也不例外。

"只要你和妇女儿童一起出游，肯定无法实现这个梦想。"我说。

"我只看到了儿童。"

"欣宝是儿童，还有我呢！"

"你也是儿童。"他说。

这时山谷里飘过一缕清风，似乎带着清甜的气息。

我们需要不断成长去适应这个世界的变化，但总有一个人，让你在他面前不需要长大。

林知逸在前面开路，我和欣宝拄着登山杖，亦步亦趋地跟在他身后。

　　分明是晴天，却传来轰鸣的水流声，似倾盆大雨从天而泻。

　　再行几步，我们已然来到三叠泉瀑布的脚下。仰面望去，三叠瀑布似三万尺清泉沿着高高的峭壁悬挂而下，势如万马奔腾，形似白鹭千飞。

　　立在瀑布奔流而下形成的清潭前，瀑布如细雨般的水珠飞溅在脸上，清凉感沁入心脾。在阳光的映照下，瀑布雾气氤氲，如梦似幻，仿佛是三帘轻纱笼罩的少女幽梦，又仿佛是九天之上的仙女跳飞天舞时飘逸的长长披帛。令人豪情万丈的瀑布，瞬间多了几许柔情。

　　眼前的景象让我如置泼墨山水画，又如同穿越到古人吟诵庐山瀑布的诗句中。

　　"飞流直下三千尺，疑是银河落九天"大概指的就是眼前这幅画吧？不，眼前这幅画比当年李太白所见的还要生动，眼前的瀑布比当年诗仙所见的还要壮观。

　　三叠泉瀑布前立着一块翻开的石头书，记载着有关它的故事。瀑布自第四纪冰川期兀自流淌了百万年之久，直至南宋时期，被一位樵夫偶见而流传于世。

　　山野樵夫发现了三叠泉，恰如捕鱼的武陵人发现了桃花源。人类爱美之心，自古有之。无论岁月变迁，美是永恒的，人类对美的喜爱和追求也是永恒的。

这三叠泉默默无闻了百万年,当年隐居庐山上游的李白、在庐山下游讲学的朱熹都不知它近在咫尺。

大概我们和美景的相遇也讲究缘分吧?遇见一个对的人,遇见一处美的景,也仿佛是冥冥之中天注定。

"不到三叠泉,不算庐山客。"现如今来庐山游玩的人们都会慕名前来膜拜三叠泉,这点看起来比古人要幸运。

但总觉得,景色能走入游人的心,游人才真正融入了景色。

此刻,我的心似石头书一般也翻开了,将眼前这天、这山、这水一齐收录,形成了心灵中的一方山水。

"飞流直下三千尺,疑是银河落九天。"忽然,欣宝在一旁念起这首诗。

我想起去锦绣谷的险峰时,欣宝看着崇山峻岭情不自禁念起"横看成岭侧成峰,远近高低各不同"。

"我们小时候背诗歌真的有用,先遇见诗歌,再遇见诗歌里的场景,又会回想起那首诗。"我对林知逸说。

"嗯,就像我们先看书遇见美好的爱情,再遇见那个人。比如我看了《笑傲江湖》,就向往令狐冲和任盈盈那种爱情,虽不是青梅竹马,却可以相知相惜、白头到老。后来,大学快毕业时,我遇

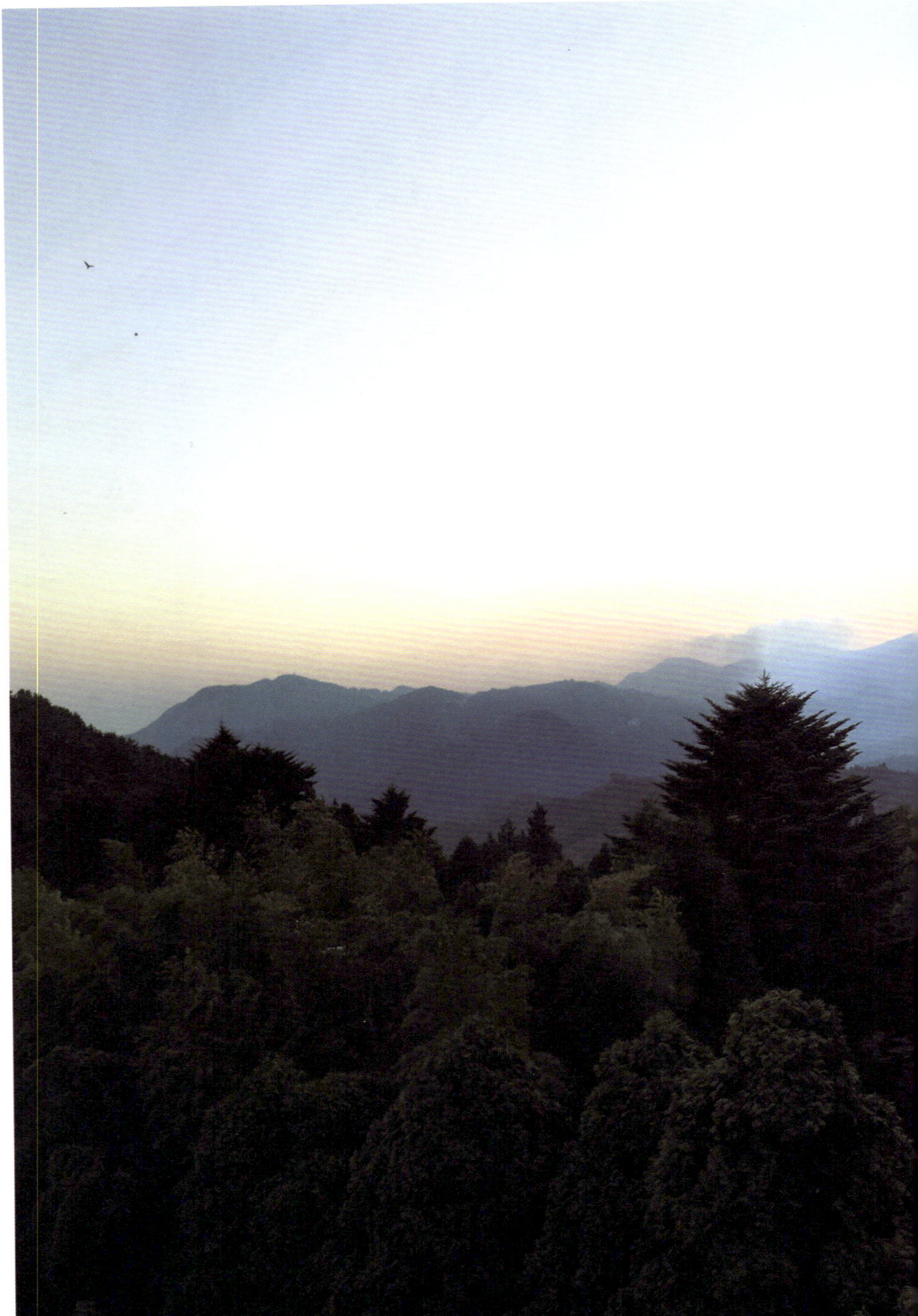

见了你。"林知逸说。

"好的诗歌和好的书都给我们定义了美好风景和美好爱情的样子，于是，涉世未深的我们可以吸取前人的经验，能够分辨什么是美好的景色，什么是对的人。"

"嗯，在我见到你的第一眼，我就知道，你就是我喜欢的人。"他无比笃定地说。

结婚九周年的这天，听到结婚对象还能对我真挚地说出这一句，犹如初相识。这大概比有生之年见到三叠泉还要令我欣慰。

三叠泉瀑布依然奏着动听的旋律，水流到谷底的清涧。我们赤足步入清涧，清凉的泉水漫过双脚，也淌过心田。

我对林知逸说："这山水画般的景色真美，我愿意把自己交给这美景。"

他却说："这山水再美也不及你，我愿意把自己交给你。"

我们每个人都是行走在人间的旅者，庐山的清涧可以洗净旅人疲惫的脚，而林知逸对我的爱可以暖化我疲惫的心。

千山万水携手游，朝朝暮暮长相伴

庐山是一本值得一读再读的书，几乎每翻开一页，便有古人用诗句写下的注脚。

步入花径,仿佛听见白居易在说"人间四月芳菲尽,山寺桃花始盛开";深入锦绣谷,仿佛听见王安石在说"邂逅五湖乘兴往,相邀锦绣谷中春";仰望三叠泉,仿佛听见李白在说"飞流直下三千尺,疑是银河落九天"。

大概是庐山如诗如画的风景感染了林知逸,在九月九日,我们结婚九周年的早晨九点零九分,林知逸送给我一首诗:"庐山胜地骚客聚,孑然赋诗多无趣。花径天池三叠泉,与子同游悄声叙。"

大诗人的诗里有大诗人的豪情,凡人林知逸的诗里有自己的小确幸。

礼尚往来,我也赋诗一首《庐山同游》送与他——

如琴湖畔眉眼弯,

锦绣谷中云雾漫。

千山万水携手游,

朝朝暮暮长相伴。

我想住在你的心湖

　　就像花儿忠实于季节一样,我愿栖息于你的心上,不长,就一生。

林知逸开车带我们前往扬州的途中，雨声淅沥，窗外烟雨朦胧，雨刷不时将车前玻璃上的雨水拭去。

从小在长江边长大的我对阴雨连绵的天气早已见怪不怪，毕业后久居北京，甚至怀念起这绵绵细雨了。

抵达瘦西湖时，雨已经停了。整个世界经过雨水的洗礼，变得焕然一新，颇有"空山新雨后，天气晚来秋"的意境。

空气中隐约飘来甜甜的淡香，是桂花！循香而去，望见一簇簇黄色的小花盛放在枝头，花瓣上犹挂着雨滴，楚楚动人。

"我很喜欢桂花，虽然花瓣很小，但是花的香味特别，甜而不腻。尤其是闻过之后，很久都能记得这种香味，就好像这香味停留在了心间，回味无穷。"我边凑近桂花一亲芳泽，边对身边的林知逸说。

"我给你第一次送的花就是桂花，还是我偷偷跑到学院的教学楼后面摘的。"他说。

我想起来了，每年秋天，校园也是被桂花香甜的气息包围的。在桂花盛开的时节，林知逸为我偷偷折下一枝桂花，我将桂花插入玻璃瓶放在宿舍，此后一周宿舍里都香气萦绕。

从来都没想过，会是林知逸带我来瘦西湖，这个多年前我常来

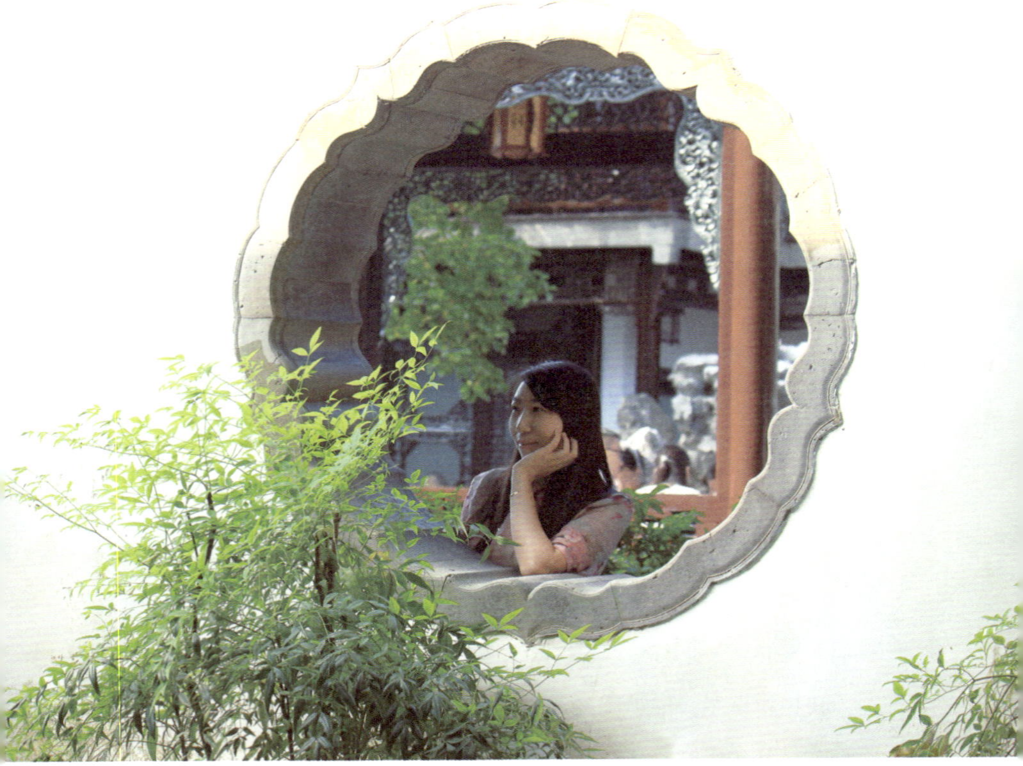

的地方。

湖边亭楼阁榭、依依垂柳在暮色中，仿佛和当年没什么两样，还是如诗如画的景象。

我们沿着湖边漫步，而我走着走着，仿佛看到了十多年前那个在湖边漫步的我。

那时候，陪在我身边的是我的女伴，看到有情侣在湖畔甜蜜相拥，我会投去羡慕的眼神，幻想着我未来的那个他什么时候会来。

"以前我和同学结伴来这里玩的时候还是'单身狗'，身处烟花三月的扬州，特别想谈恋爱，就是身边遇不到合适的人。当时可羡慕那些有男朋友的女孩子了。"我忆起往昔。

"现在呢？"某人明知故问。

"现在我不羡慕任何人。"我挽上他的胳膊，就像在告诉老朋友瘦西湖"这是我喜欢的人"。

"我也是。遇见你以后，我不再羡慕任何人。"他说。

微风吹拂，岸边的杨柳频频点头，似乎在默认我们说的话。

"你知道吗？当年有个男同学说有种办法可以省门票进来，后来才知道他是要带我们翻墙进公园。那次我衣服划破了不说，还被管理员逮住训了一顿补了门票。"

"你知道吗？虽然这座城市美得像一幅画，可是我当年却想尽办法要离开这里。因为我想去看更大的世界,想遇见志同道合的人。"

"你知道吗?以前我们学校人工湖也有那样古雅的小亭子,我一大早爬起来在亭子里读书,清晨那里就我一个人,感觉真好。"

"……"

我如数家珍般将我在扬州读书时发生的故事,一一说给林知逸听。他听得很认真,多数时候默默听我说,有时候会应和几句。

"我不再遗憾了。"听我悉数讲完从前,他说。

"遗憾什么?"我不解地问。

"以前遗憾没有早点遇见你,大学只谈了一年恋爱,我就毕业了。现在你给我讲你以前的故事,我好像又早了两年认识你,我不遗憾了。"他说。

"原来如此。这些事情就好像发生在昨天,没想到已经过去十六年了。我说给你听的时候,也好像是和过去的自己谈心。"

经年以后,和不同的人去同一个地方,以为是看同样的风景,却仿佛和曾经的自己进行一场跨越时空的对话。

我想对那个年少的自己说——

"你好吗?那个曾经爱写诗的女孩。"

"你的人生虽然拐了个弯,但会收获不一样的风景。"

"你不要着急,慢慢来,不久后,你会遇见愿意为你付出一生的人。"

从前的我委实没想到,我的人生不过转个了弯,却遇见了世界上最心仪的人。

原来,在上帝为人类设置的弯路上,往往暗藏着意想不到的风景。

时光流转,那个写诗的女孩身边,多了一个愿意给她诗意般生活的人。

"其实你没必要遗憾,因为在遇见我之前,你已经遇见了我的诗,那些诗就代表着当年的我。"我说。

"也对哦!只不过我当时不知道是你写的而已。这真是说不清道不明的缘分啊!"林知逸感叹。

那时,我在扬州读书,正值"为赋新词强说愁"的年纪。也不知是这座古典雅致的城市赋予了我写诗的灵气,还是青春年少时的心事本就绵长细腻,我一次次将自己的情思融入笔端,化为一首首诗句。

幸运的是,有些诗句得以在期刊上发表;更幸运的是,这些诗句被未来会喜欢我的人看到了。

在这些诗歌发表了很久很久,我已经和林知逸成为恋人以后,才在他的摘抄本上看到我当年发表的这些诗句——

古来多少风流事，

只消一夜春风化作人间细雨，

在梦中沉醉千年的红颜，

千年的守候只为这一朝的相逢。

——《天上人间》

就像花儿忠实于季节一样，

我愿栖息于你的地方，

不长，

就一生。

——《花之语》

因此，在遇见我之前，他先遇见了我的诗。

"和西湖相比，我更喜欢瘦西湖。"我说。

"因为这是你曾生活过的地方，所以你对它更有感情。"他说。

"还是你懂我。"我笑了。

"那当然。我认识你的这些年，你变了。"

"变了？哪里变了？"我虽然不怎么写诗了，但仍然有诗心、喜欢看诗啊！

— 197

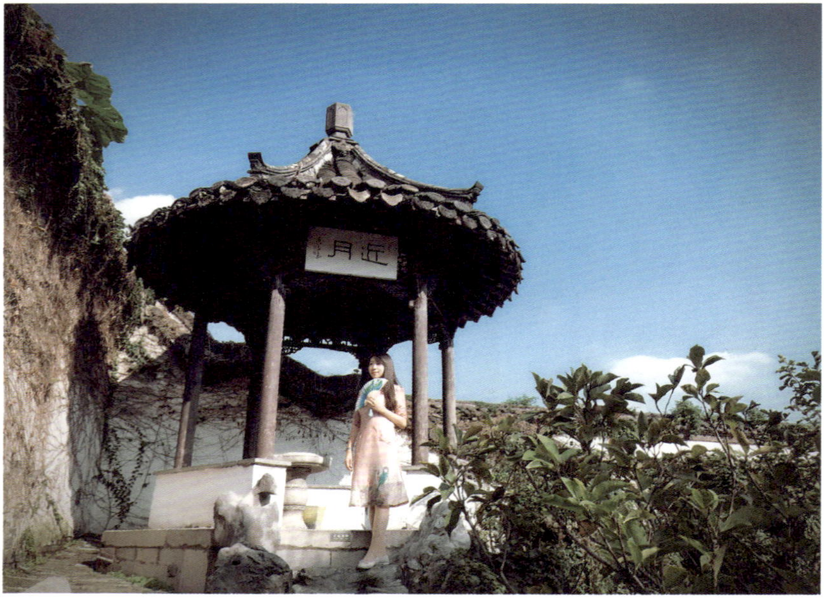
近月

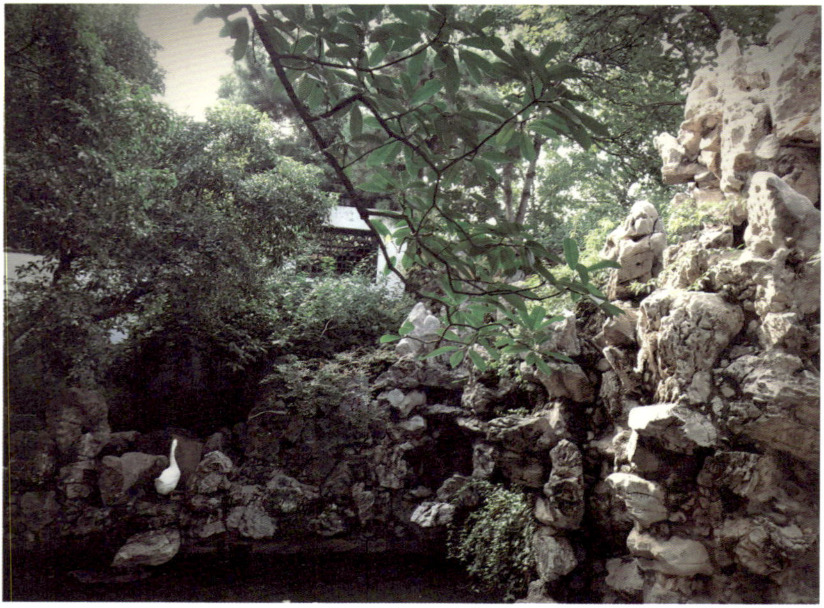

"你的样子有一点变化,从瘦西湖变成了西湖。"他笑道。

"……"言外之意,就是我变胖了?

"不过,我确实变了,神经变粗了。要是以前你这么说我,信不信我可能会跳湖?"我说。

"哈哈,你舍不得。"他拥住我,好像我真的要去跳湖一样。

从前,喜欢写诗的那个女孩神经纤细敏感,历经生活的磨炼后,现在的她除了写作时需要敏锐神经,多数时候已经神经大条了。

夜幕降临,我看着被灯光点亮的二十四桥,这不就是杜牧笔下的"二十四桥明月夜"?

人生如逆旅,我们每个人都是时间里的过客。不过,隔着千年岁月,我们依然可以通过诗句和前人交流。

如同当年的林知逸也可以隔着时间地点,通过我的诗句和我交流一般。

凡是有过心灵交流的人,倘若有朝一日遇见,无须太多的言语,相视一笑便是,一切尽在不言中。

大江大海自有其辽阔,清清湖水自有其风情。

总觉得湖水像是年轻的女孩子相思时落下的泪,相思现在喜欢的人或未来喜欢的人。

和现在的恋人,站在和从前同样的瘦西湖,隔着岁月回望年少的自己,想起"任凭弱水三千,我只取一瓢饮"。

或许,我们此生选中的那个人,就是我们前世注定的那一瓢湖水。

每个人心中都有一片草原

遇见美丽的风景如同遇见喜欢的人,一见倾心,再见钟情,从此,就是一生一世的念念不忘。

我常常会想起那片草原,那是云朵的故乡,也是我和林知逸流浪过的地方。

有时,和景色的相遇如同和人的相遇,也要看缘分。

有一回,我翻看林知逸给我在南海子公园草坪上拍的照片,由衷地赞叹:"这草地真美!有种田园生活的浪漫。"

林知逸说:"别看着照片陶醉啦,我带你去看真正的大草原吧。"

于是,在接下来的端午节假期,他带我去了乌兰布统大草原。

通常,和美景初相见时,就像遇见一位绝世佳人,总忍不住惊叹一声"好美",然后想着能否下次和她重逢。

无奈,世界太大,美景太多,下次重逢的概率太小,往往是惊鸿一瞥后擦肩而过。

然而,乌兰布统大草原这位胸怀宽广的北国佳人,在初见时就让我念念不忘。

后来,在这一年的中秋节我再次去和她约会。

而她也很大度,在我面前尽情地展示她的风姿,夏天青翠欲滴,秋天五彩缤纷。

和大草原初相见

越野车一路驰骋，满目的绿就这样透过车窗猝不及防地映入眼帘。这是一片绿色的海洋，海洋尽头是起伏的小山丘，皆披着一身清新的绿。

这种绿是沁人心脾的绿，仿若能洗涤俗世的纤尘，令人身心轻盈。

同车的人都被这葱茏的绿意惊艳住了，起初都凝神屏气看着窗外的风景，忘记了像平常那样看到美景就拿起手机一通猛拍。

最终是爱好摄影的林知逸率先举起相机，将眼前这幅画面收入镜头。

然后，他献宝似的拿给我看："看这照片像不像我的电脑屏保？"

我点头："是挺像的。大自然是最好的艺术家，像你这样没学过摄影的人，都可以拍出这么美的画面。"

"还嫌弃我的摄影技术啊，看来今天某人不想拍照啦？"

"林大摄影师，今天还有劳你把我拍得美美的。"有求于人，自然要说好话。

"把我拍得美还差不多，拍你拍不美的。"原本专心看风景的欣宝突然转过头说。

"为什么啊？我今天和你一样，穿的都是白色长裙，怎么就拍

204

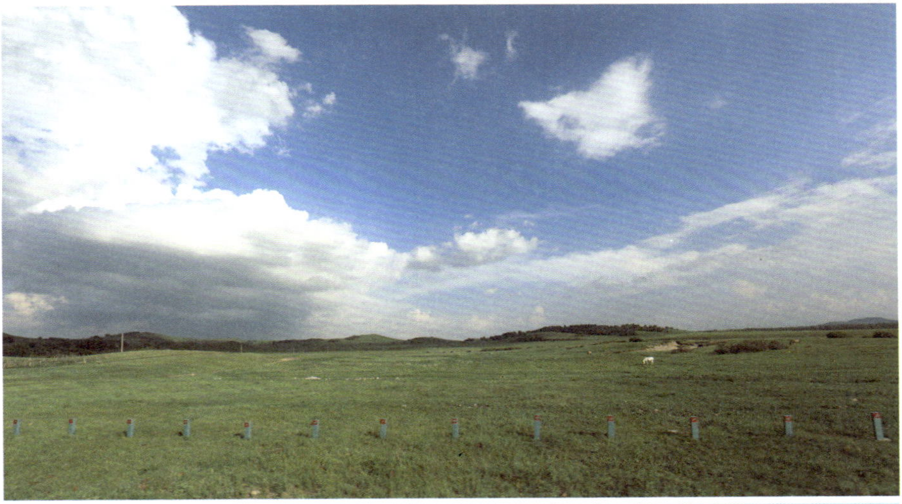

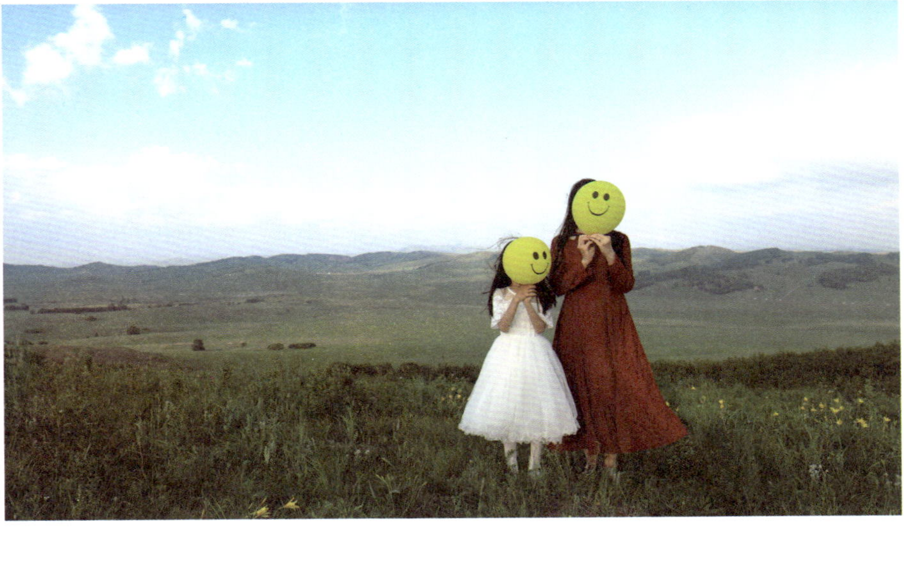

不美呢?"我疑惑道。

"因为你穿白裙子显得胖,所以拍不美。"欣宝瞥了我一眼说。

同车的人闻言都笑了起来,留下我一脸无奈地看向窗外,向大自然寻求安慰。

大自然确实也送给我一份厚礼——

青翠的绿草地上忽然出现两幢蘑菇似的小房子,雪白的墙,绛红的屋顶,屋顶下是小小的窗户。这两幢小巧玲珑的房子像是从童话书里跑出来的一般,圆滚滚的身子戴了一顶红色的尖帽子,可爱至极。

有房子的地方就有人的足迹,一瞬间青青草原就有了人烟气息。

这时,天空飞过一只鸟,朝着小房子的方向,俨然一幅纯天然的倦鸟归巢图。

大自然是最伟大的画师,轻描淡写,就是一幅唯美的画卷。

我赶紧拿起手机,将这幅偶遇的画面定格,收藏到我的回忆里。

和大草原初相见,她就很慷慨地赠予了我这幅童话般的画卷。

公主湖边许今生

一处景致之所以动人,不仅在于风景美丽,还在于它通常有个美丽的传说。

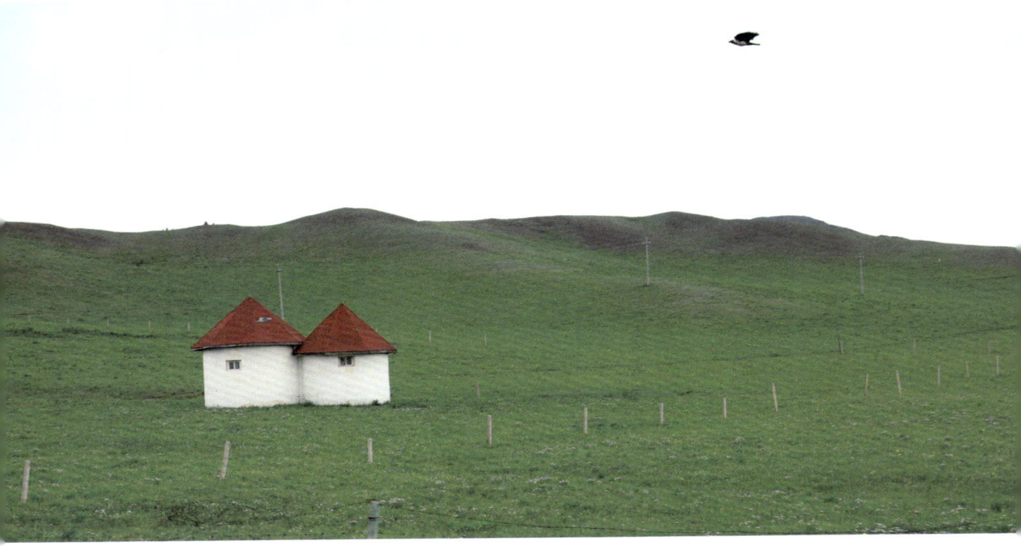

"公主湖"相传是康熙的三公主蓝齐格格被迫嫁给噶尔丹,途经内蒙古草原,悲极而泣泪流成湖,因此得名。

湖边有蓝齐格格的雕像,身着蒙古袍,脖子上围一条蓝色哈达,深邃的目光望向远方,似乎是在眺望故乡。

雕像前方立着一块诗碑:"帝女和亲噶尔丹乡,观望月泪潸潸断肠,倾泻一壶水,嵌在乌兰布统间。"

我正被诗中蓝齐格格的思乡愁绪感染,眼前画面中突然闯入一个人,只见林知逸煞有介事地拉起了雕像旁边的弓,还一脸微笑地望着我,问:"看我这样帅不帅?"

这人总有本事破坏意境,先前诗歌带来的淡淡哀愁被他一扫而空。

"你这样很二!"我看着他笑。

"不给面子吗?"他有些扫兴。

"你要是穿件长袍,配双蒙古靴,才帅!"我说。

"哎,我都拉弓拉累了,怎么你不懂呢?"他无奈地说,依然保持拉弓的姿势。

我这才恍然大悟,原来他这是摆 pose(姿势)让我拍照啊!赶紧拿手机把他犯二的样子拍了下来。在旅行中,他一直扮演摄影师的角色,我浑然忘记了他也有拍照留念的需要。

公主湖是镶嵌在草原上的一面湖水,湖水清澈见底,蓝色天空

— 209

倒映其中，湖面犹如一块硕大的蓝宝石。

我和林知逸沿着湖边的草地行走，我俩的倒影也映在水中，和水中景色融为一体，仿佛我们也成了画卷里的人物。

一看到湖里有鱼，欣宝就来了兴致，站在岸边观察自由游弋的鱼，把拍照的事抛到了九霄云外。

趁她专心看鱼，林知逸让我站在湖边，给我拍照。

"哎哟！跟仙女一样。"他边拍边感叹。

拍完，我忍不住好奇地上前去看，他到底把我拍得有多仙，结果发现这件白色长裙拍起来真的显胖。

"是像仙女，不过像胖仙女。"我自嘲道。

"不胖不胖，你在我心中一直有分量。"

"……"这像是在安慰我吗？

公主湖上立着一座木桥，木桥两端的木桩护栏系满了蓝白哈达，很多情侣从上面走过。

司机说，这是一座神奇的桥，在木桥上面走一走，夫妻能恩爱长久。

我心下疑惑了，蓝齐格格是被迫和亲，伤心还来不及，怎么这也成了一段美好的爱情故事呢？

湖畔书本状的立牌告诉了我答案："她又是幸运的，草原人们的热情豪放、噶尔丹的真情终于赢得了这位公主的芳心。"原来，被迫和亲的公主最终爱上了她嫁的那个人。

且不管这个故事是真是假,至少听起来是甜蜜又凄美的。

且不管情侣在木桥上走一走到底能不能长久,我和林知逸还是牵着彼此的手,在木桥上走了个来回,我们希望,今生我们长相守,来世我们再相逢。

每个人都有一首草原赞歌

在水草丰美的夏季,时不时会遇见骏马和牛羊,它们如同珍珠点缀在草原上。

每当窗外经过牛羊,欣宝都会兴奋地喊:"哇!那边有羊!""一群牛在喝水呢!"

她将那只跟着她走南闯北的毛绒小牛贴在车窗上,给它介绍:"这里是草原,是你的家乡,你有没有看到你的妈妈呢?"

见欣宝对牛羊如此感兴趣,司机说:"想看羊,待会儿我带你们去一个地方。"

果然,在司机带我们去的那片草原,我们看到牧羊人赶着成群的羊路过。

天空中的白云和草原上的白羊相映成趣,微风拂过,好一幅"天苍苍,野茫茫,风吹草低见牛羊"的景象。

大概是这般如诗如画的草原风光激发了婆婆唱歌的兴致,她将最近练的歌曲学以致用:"我的心爱在天边,天边有一片辽阔的大草原,草原茫茫天地间,洁白的蒙古包散落在河边……呼伦贝尔大草原,白云朵朵飘在,飘在我心间……"

婆婆喜欢唱歌,但是五音不全,唱歌容易跑调,尽管如此,在大草原听她唱关于草原的歌,我还是莫名地觉得感动。也不知是因为感动还是夏天的阳光过于明亮热烈,我的眼眶居然湿润了。

"这里不是呼伦贝尔大草原,是呼什么筒大草原。"欣宝说。

"也不是呼什么筒大草原,是乌兰布统大草原。乌兰布统是蒙语,汉语的意思是红色的坛形山。"林知逸给她科普。

欣宝笑道:"其实叫'呼冰淇淋筒大草原'更容易记住啊!"

"你眼里只有冰淇淋。"我说。

"还有牛牛!"欣宝举了举手里的毛绒牛牛。

"那妈妈呢?"我问。

"妈妈在爸爸眼里呀!"欣宝说。

我和林知逸相视一笑。

婆婆唱完《呼伦贝尔大草原》,感慨道:"这里真好看!感觉像是来到了手机的画面里。"然后还怂恿林知逸唱歌。

林知逸很配合,唱了腾格尔的《天堂》:"蓝蓝的天空,清清的湖水,哎耶。绿绿的草原,这是我的家,哎耶。奔驰的骏马,洁白的羊群，哎耶……"

他唱的时候还夸张地模仿了下腾格尔老师在舞台上的表演，于是一首天籁般的草原之歌被他唱成了摇滚乐。

也许唱歌的兴致会传染，我也忍不住引吭高歌："我的家乡在日喀则，那里有条美丽的河，阿妈拉说牛羊满山坡，那是因为菩萨保佑的。蓝蓝的天上白云朵朵……"

"白云下面马儿跑——"欣宝接上来。

我忍不住笑了，纠正她："你这是唱的另一首歌，那首歌开头是，蓝蓝的天上白云飘——"

林知逸却为欣宝击掌："很好！简直无缝衔接。"

不知道羊群是不是被我们不着调的歌声吸引住了，停下来边啃草边听歌。

其实，每个人心中都有一首草原赞歌，歌里的地点不一定和眼前的地点完全一致，但看到草原的心情是相通的。

后来我想，我们情不自禁在草原上放飞歌声，大概是我们每个人都有一颗渴望自由的灵魂吧。

夏花绚烂，而我只想成为一棵树

总觉得夏天是最生机盎然的季节，这个季节万物都是生命力最旺盛的时候。大草原更是如此，星星点点的小花点缀其间，为青青草原增添了几分色彩。

有一种花吸引了我的视线，它不像其他小花一朵一朵孤零零地绽放，它是一整簇绽放的，小巧的淡粉色花瓣温暖地拥成一团，酷似小绣球。

我问司机：“这是什么花？”

“这是狼毒花，有毒，牛羊见到这种植物都是不吃的。”司机告诉我，“不过可以入药。”

美丽的事物有时候是危险的，危险中却又带着救赎，真是神奇。

乌兰布统草原属于丘陵草原，经常会看到一丛丛树林。而我，却总是被草原上迎风而立的某棵孤独的树吸引。

这些树独自远离丛林，傲然屹立在草原之上，有一种“遗世而独立”的清高。

每当遇到这种树，我总忍不住站在树前，和树静静地对视。这是生命之间的对视。

他说：“那么大的草原，你怎么总奔着一棵树而去？”

我说：“因为我喜欢这种看起来孤独的树，就像有个性的人一样，不从众、不随俗，永远追随自己的内心。常常不被理解，却依然我行我素。虽然不被世人理解，但他却活出了自己的世界。”

他瞬间明了，说：“我懂你，很多时候你就像那棵树，但是我

– 215

会守护你。"

美籍波兰诗人米沃什说:"我不想成为上帝或英雄。只想成为一棵树,为岁月而生长,不伤害任何人。"

三毛说:"如果有来生,要做一棵树,站成永恒、没有悲欢的姿势。"

大概心里有诗意的人都想成为一棵树,喜欢树,是因为树不仅向上生长,也向下扎根,既可以仰望星空,也可以脚踏实地。

和树有关的爱情诗里,我最喜欢舒婷的《致橡树》——

> 我必须是你近旁的一株木棉,
>
> 作为树的形象和你站在一起。
>
> 根,紧握在地下;
>
> 叶,相触在云里。
>
> 每一阵风过,
>
> 我们都互相致意,
>
> 但没有人,
>
> 听懂我们的言语。

我本如一棵树一般孤独,但因为偶然遇见了另一棵树,孤独的生命中有了暖意。

两棵孤独的树在一起,因为彼此呵护、彼此理解,就能守望一方纯净的天空。

让我们红尘做伴,策马奔腾

在草原上策马奔腾是一大快事,这次能骑马欣赏草原风光也是托欣宝的福。

欣宝喜欢骑马,我平常对此不感兴趣,但看着辽阔草原,居然有了骑马的兴致。可惜不会真正地骑马,须由牧民牵着马在前方走。

由于是第一次骑马,马又高大,跨上马背时我并不适应,有些害怕,差点上不去,最终还是林知逸把我托举上去的。

牧民问林知逸:"你不一块儿骑吗?"

林知逸摇头说:"不了,我要拍照。"

他是我们旅途的跟拍摄影师,虽然他从来没有上过摄影课,没啥技术可言,完全凭借对我们的爱在拍照。

他的镜头里,除了美景,还有我们。

如同他在我微博下面的留言:"你站在草原上看风景,看风景的人通过镜头在看你;你看到了世界的美,我看到了你脸上的笑。"

在草原上骑马观光,微风拂面,视野开阔,和坐在汽车里看风景感受不同。

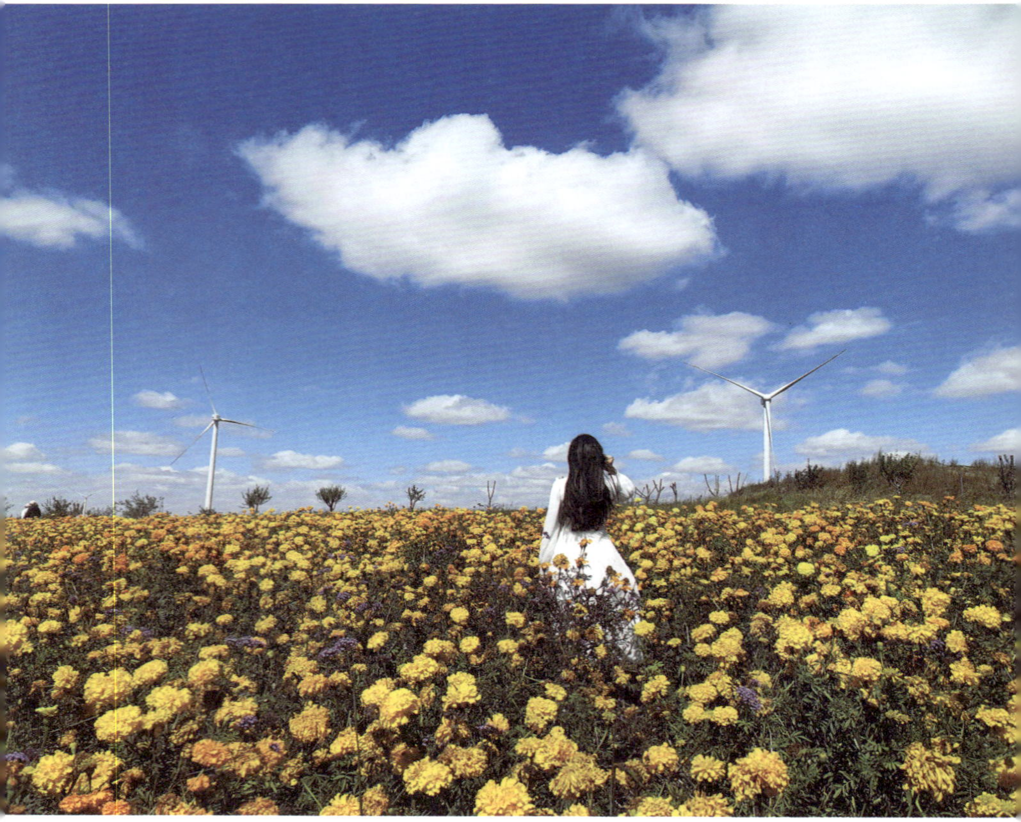

马儿慢慢走，我慢慢看。连时间都仿佛慢了下来。

马儿缓步前行，路过月亮湖，路过一群牛，路过一丛花，再往前走，一整片风车阵映入眼帘，迎着风在草原上旋转，美得无与伦比。

先前林知逸本想专程去风车阵景点，但因为不顺路选择了放弃。孰料在《还珠格格》的外景拍摄地，居然因为骑马，意外地邂逅了一整片风车阵。

林知逸的相机开始"咔嚓咔嚓"起来。

我问他："感觉怎样？"

他说："感觉很美，这是意外的惊喜，就像遇见你。"

"……"猝不及防来了一句草原土味情话。

从马背上下来时，林知逸站到旁边，伸手接我："你直接倒下来就好。"

我从侧面一倒，刚好倒在他怀里，他抱我下来。

牧民笑着对我说："你真幸福啊！老公那么好。"

其实我不是故意撒狗粮的。我真的是第一次骑马，上马、下马时都有些害怕。

不过，幸福嘛，是真的很幸福。

生命中会遇见谁，和谁在一起，都无法规划，我却意外地遇见了林知逸。

旅途中会遇见谁，看到什么风景，也无法预知，我们却意外地邂逅了风车阵。

或许，只要用心去生活，好好爱生活，生活终将给你想要的一切，你也终将抵达你想要的幸福。

和五彩斑斓的"睡美人"两度约会

夏天去乌兰布统时，看到了五彩山穿夏装的样子，恰似一位静静仰躺的睡美人。彼时满山苍翠，五彩山还是睡美人山。

等到秋天再来，五彩山已然名副其实：松的绿、柞的红、杏的紫、杨的黄、桦的白……层林尽染，色彩斑斓。

秋姑娘奏响的华彩乐章唤醒了五彩山，此时的她像是即将去参加盛会的睡美人。

只不过这次和她约会时，天公不作美，天阴沉沉的，时而乌云密布，时而雨雪交加，东边日出西边雨的情形也是有的。

草原变幻莫测的天气让人捉摸不透。我不由得感慨大自然本身就是一本神奇的大书，告诉我们万物在矛盾中自有和谐统一。

虽是秋天，草原的最低气温也已到零摄氏度，加上刮风下雨，站在草原上会冻得瑟瑟发抖。

这天，我们基本是在车里看风景，很少下来行走。

第二天早晨，在酒店的房间醒来，金色阳光透过窗帘照进来，我欣喜地对林知逸说："大林，太阳出来了！"然后爬下床，掀开窗帘看窗外风景。

林知逸被我叫醒后，也爬下床，凑我旁边一同看向窗外。

他说："今天天很蓝，拍五彩山肯定更美。"

"要不今天再去看一次五彩山？"我提议。

"好啊，不过欣宝还没起床，等你们都收拾完，会错过最佳拍照光线，要不我一个人去拍风景照？"

"不行！爸爸不能把我丢下！"孰料，这时欣宝醒了，大概是被我们的谈话吵醒的。

"有妈妈陪你呢！"林知逸笑道。

"不行！我也要爸爸陪，我要爸爸妈妈一起陪。"欣宝强调。

"那你现在就起床，赶紧刷牙洗脸，我们可以不吃早餐，先去五彩山。"林知逸说。

"不吃早餐好，拍照显得肚子小。"我说。

"早餐可不背这个锅。"林知逸给我重重一击。

"爸爸先给我按摩一下，我再起床。"欣宝趴在床上，和林知逸谈条件。

"没问题。"林知逸走过去，"你这个小家伙，每天起床前都要按摩。"

看林知逸煞有介事地给欣宝按摩背，欣宝一副很享受的样子，我只觉得这一幕十分温馨。

洗漱完毕,林知逸开车带我们前往五彩山。

秋天的阳光温暖明亮,有了阳光,天空和山都有了神韵。

在阳光和蓝天的映照下,早晨的五彩山仿佛刚睡醒的、打扮好的美人,散发出夺目的光彩。

忽然觉得选择再来五彩山是多么明智,不同时间不同光线,能发现五彩山不一样的美。

"昨天对'睡美人'一见钟情,今天一早起来和'睡美人'约会,这感觉挺好。"林知逸一边把眼前五彩山的风姿收入相机,一边感慨。

"我感觉不好,我太冷!"欣宝在一旁抱怨。

我把我的绒毛开衫给欣宝披上,问她:"现在还冷吗?"

她笑眯眯地答:"不冷了。"

这时,有个穿藏青色外套的男人抱着小羊羔走过来,小羊羔脸上黑白相间,身上的毛卷卷的,特别可爱。

我和欣宝都被小羊羔吸引了视线,男人很会做生意,透过我们的眼神觉得我们应该是潜在客户,他问我们:"抱小绵羊拍照吗?一次十块钱。"又补充道,"刚洗过澡的,很干净。"

我问欣宝:"你要抱小绵羊吗?"

她点头:"要。"

我也很喜欢这小羊羔,问男人:"我也抱着拍的话,能算一份钱吗?"

"这样,我送一次。"男人答得很豪迈。

"抱一送一,这生意划算。"林知逸说,然后问男人,"这小绵羊多大了?"

"八天。"男人答。

"瞧瞧,羊生不易,八天的小绵羊都出来赚钱了。"林知逸感叹。

欣宝抱着小绵羊,小绵羊不时在她手中发出一声"咩——",她皱眉道:"它想要从我手上逃跑。"

"没事,你抱紧一点就好。"男人说。

才拍了几张照片,欣宝就说:"我抱不动了。"

于是,小绵羊就从她手上到了我手上,好家伙,这羊羔分量还真不轻!

林知逸给我拍照时说:"感觉小绵羊被你抱得一脸'生无可恋'的表情。"

"那怎么抱啊?"我问。

那个男人闻言走过来,帮我调整了下抱小绵羊的姿势。

抱着小绵羊就像抱着个小婴儿,我忽然母爱泛滥,想要自己生个二宝玩玩。

事后,我和林知逸提及此事,他大度地说:"你想怎样都可以,

224

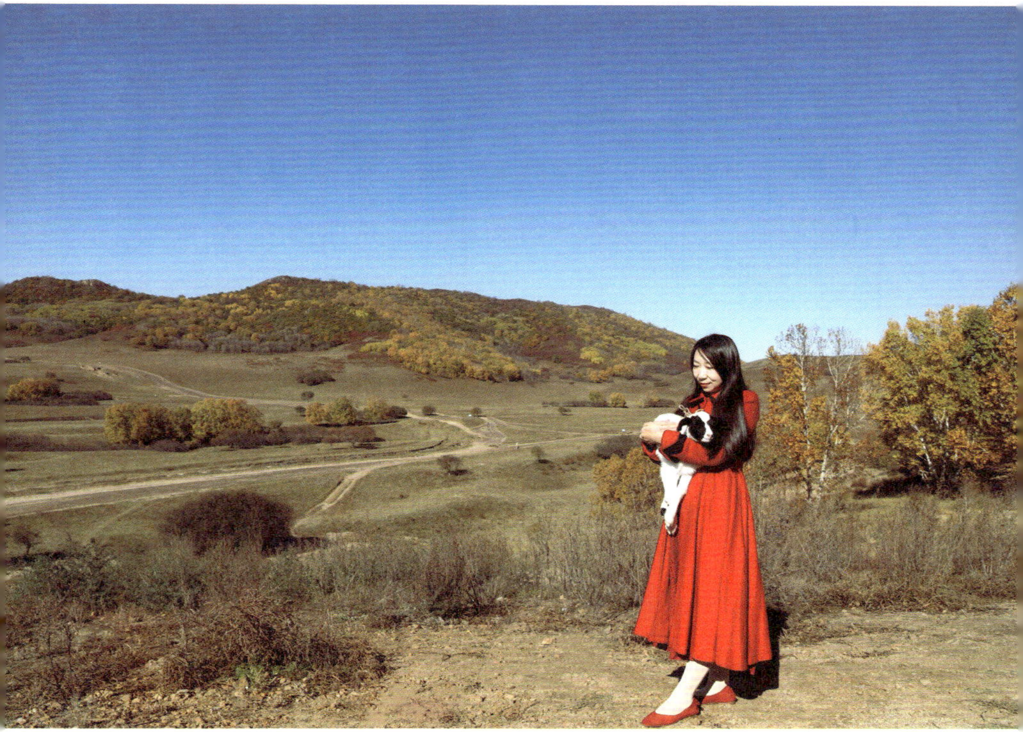

我完全配合你。"

"那等我们国庆从土耳其回来,你配合。"

"去土耳其配合也可以。"

"……"

好的爱情就是,一次又一次地爱上你

我和林知逸一起走过许多地方,通常不会在同一年去同一个地方两次。

乌兰布统相距北京四百公里,车程七小时,距离不算近。我们能在一年内和她赴约两次,一定是冥冥之中有什么吸引了我们。

回来后,我对林知逸说:"怎么上次看到大草原觉得很美,这次看的时候依然觉得很美?"

林知逸说:"看到美好的人和事,都会这样。就像我每次见到你,仍然会觉得你怎么还是这么美,美得让我怦然心动。"

有人说,好的爱情,就是一次又一次地爱上同一个人。

是这样没错,爱是眼神的交流,爱是心动的感觉,爱是每天你在我身边我还是对你看不够,爱是觉得一辈子好短,毕竟我要和你一起做那么多事,看那么多风景。

面朝大海，春暖花开

因为三亚，一年里我拥有两个夏天；因为你，一年里我拥有两个春天。

自从去过三亚的阳光海岸,每年冬天,我都像只候鸟一样往南飞。

北京的冬季漫长,又时不时被雾霾笼罩,因此,三亚四季温暖的碧海蓝天令人神往。

我喜欢踩在细软的沙滩上,听海浪的声音;我喜欢漫步在椰梦长廊,看海边的日落;我喜欢牵着爱人的手,在缘缘石前许下山盟海誓。

去过三亚三次,离开时仍恋恋不舍,我对林知逸说:"旅行如同与人交往,有些地方适合打卡,好比有些人适合浅谈;有些地方适合深度游,好比有些人适合深交。三亚是我想多次深度游的地方,而你是我想长期交往的对象。"

你若爱,生活处处都可爱

入住位于海棠湾的酒店,拉开通往阳台的门,凉爽的海风扑面而来。

"阳台上居然有浴缸!还有小鸭子哎!"欣宝像发现了新大陆,拿了浴缸边的黄色橡皮鸭玩起来。

我和林知逸站在玻璃护栏前,一幅梦境般的画面在眼前展开:

浅绿的草坪、深绿的丛林，一幢幢房子嵌在丛林间。附近是浅蓝色的游泳池，极目远眺，尽头是一片和天空相连的湛蓝海岸。

此时，北京俨然是萧瑟寒冬，三亚却如夏天般生动。一南一北迥然的天气，令人不得不惊叹于大自然的神奇。

夏风轻拂，空气中似乎有海水和花草的味道，使人连呼吸都变得轻盈起来。

"在阳台上洗澡不太好吧？万一被人看到怎么办？"欣宝坐在浴缸边，边捏小黄鸭边问。

"大概这么设计的人，是希望夜晚能躺在浴缸里看星空吧？"我说。

"我知道了！晚上关了灯躺在这里，外面看不到，我们却可以抬头看月亮、看星星。"欣宝恍然大悟道，"那妈妈，我们晚上在这里泡澡好不好？"

"好啊！"我爽快地答应下来。

"还是穿上泳衣泡。"林知逸提醒道。

"哈哈，哪有人泡澡穿衣服啊？"我笑道。

"你们就当泡温泉，泡温泉不也要穿泳衣吗？"林知逸说完凑我耳边说，"还是要提防一下，万一被人看到了呢，你是我的专属，我可不许别人看。"

好吧，敢情他在宣示主权。

穿过一片草坪，走过一片椰林，踩过一片沙滩，就来到了一直让我心心念念的大海边。

眼前的海是蓝绿色的，不似以往看过的海那般深沉，渐变的蓝绿色让这片海显得温柔浪漫。

踩着细沙在海边漫步，任海风盈满衣袖，掀起裙摆，心情都随风飞扬。

海浪一波又一波地拍打着沙滩，卷起一朵又一朵雪白的浪花。

"'让自己像沙滩，多大的浪来了，也是轻抚着沙滩，一波波地退去。而不要像岩石，使小小的浪，也激起高高的水花。'你还记得这句话吗？"我问林知逸。

"当然，这不是你以前的 QQ 签名吗？"他的回答和着海风传来。

"是啊。"那句话是作家刘墉写的，当时我刚毕业参加工作，内心容易受到外界波动，我用这句话鼓励自己要学会内心强大。

"恭喜你长大了，现在都不需要那句话了。"

"但我一直记在心里，因为做个像沙滩一样柔软的人，比做像岩石一样尖锐的人好多了。而且，真正的强大是内心温柔。对了，看到大海，你有没有想起什么印象深刻的话？"我转头望向林知逸。

"如果大海能够带走我的哀愁，就像带走每条河流……"他哼

— 231

唱起来。

随风而逝的青春时代，仿佛伴随着这首歌回归。那个坐在教室里望着窗外遐想的少女，浮现在眼前。

"多么神奇啊！我们听这首歌的时候，彼此都不认识，现在你唱这首歌，却让我回到了不认识你的时候。"

"这就是缘分嘛！"林知逸边说边在沙滩上写字。

不多时，大大的"I ♥ u"映现在沙滩上。

我情不自禁地笑了，这是他对着大海在向我告白吗？那不就是传说中的海誓山盟吗？

此刻海边人不多，欣宝光着脚丫站在旁边，海浪拍过来的时候，刚好漫过脚踝。

一对年轻的闺密牵着手在海边散步，走了一会儿，在沙滩上坐下促膝谈心。

一对白发苍苍的老人手牵手，面朝大海并肩站着，海风吹过来，偷听他们的故事。

心中好似被深情的爱涨满了，"I ♥ u"不仅是林知逸对我的告白，还是海边牵着手的老人和闺密的心事，也是大海对每个钟爱它的人的深情告白。

回到酒店，发现酒店草坪上立着的红色"LOVE"旁，有对夫妻在前面摆了个爱心 pose（姿势），前面给他们拍照的是他们的女儿。

这一幕让我想起，在圣托里尼的海边看日落，当时五岁的欣宝给我们拍照的画面。

"LOVE"的"O"设计成了镂空爱心和实体爱心交织的形状，实体爱心上写着"你若爱，生活哪里都可爱"。

生活中处处都有爱的一幕，只要你愿意用心去发现。

我喜欢的天，是你陪我聊天

"大柠，吃完饭，我带你去空中花园看海上日落。"

我坐在餐厅啃大龙虾的时候，林知逸对我说。

"好啊好啊！"眼前的大龙虾仿佛变成火红的夕阳。

林知逸知道我旅行时有两大喜好，一是喜欢看日落，二是喜欢站在高处俯瞰整座城市。他的提议刚好同时满足了我两大喜好。

上次来三亚的时候，他带我去鹿回头山顶公园看过日落。夕阳落得很快，起初还是海面上金光四射的大火球，渐渐地，光芒暗淡，越来越小，像是镶嵌在海平面的一粒珍珠，最后整个都落到海里去了，只余下天边的晚霞，宣告自己曾经闪耀过。

每次看日落，我总会心生诸如"人生短暂如斯，好好珍爱每天"的感慨。

但同时，我又觉得和喜欢的人一起看日落是一件浪漫的事。牵着他的手，凭海临风，纵然人生苦短，有他一路陪伴，从黎明到黄昏，从黄昏到夜晚，因为有他，即使黑夜来临，也有满天星辰。

坐在海景咖啡屋的露台边，茶几上摆着一杯咖啡和一本书。书不是带来看的，是带来让它见世面的。

这是第一本从印厂"溜"出来的《往后余生都是你》，编辑拿给我时千叮咛万嘱咐："把我的样书送你做新年礼物，一定要好好爱护它啊！"

我的新书，我当然会爱护的，对吧，小黄蓝？这是一本黄蓝相间的书，颜色十分明媚，恰似三亚的阳光海岸，带它来三亚度假最合适不过了。

"好像你的书封面颜色都很明媚。"林知逸看着书说。

"对啊，写的都是生活，说明我热爱生活。"我说。

"你的书的封面像你，热情又可爱。"他补充道。

"哈哈，就当你夸我了。"

日落时光稍纵即逝，大约十分钟，太阳已经落到海平面之下，消失不见。

咖啡屋临海，好似楼下就是大海，聊着天的工夫，海边的天色越来越暗。

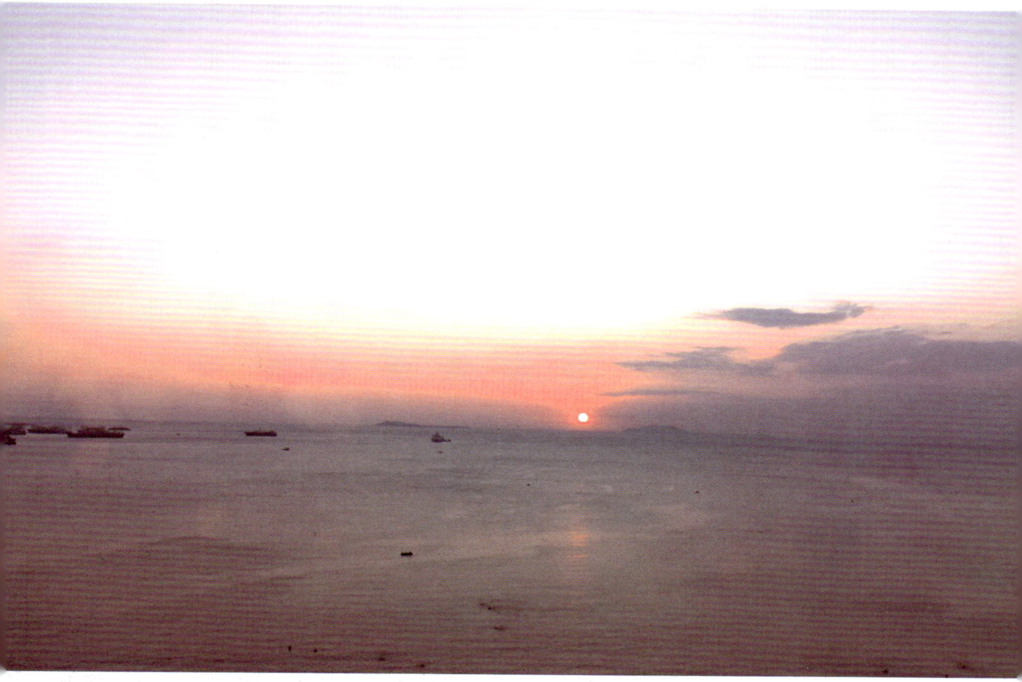

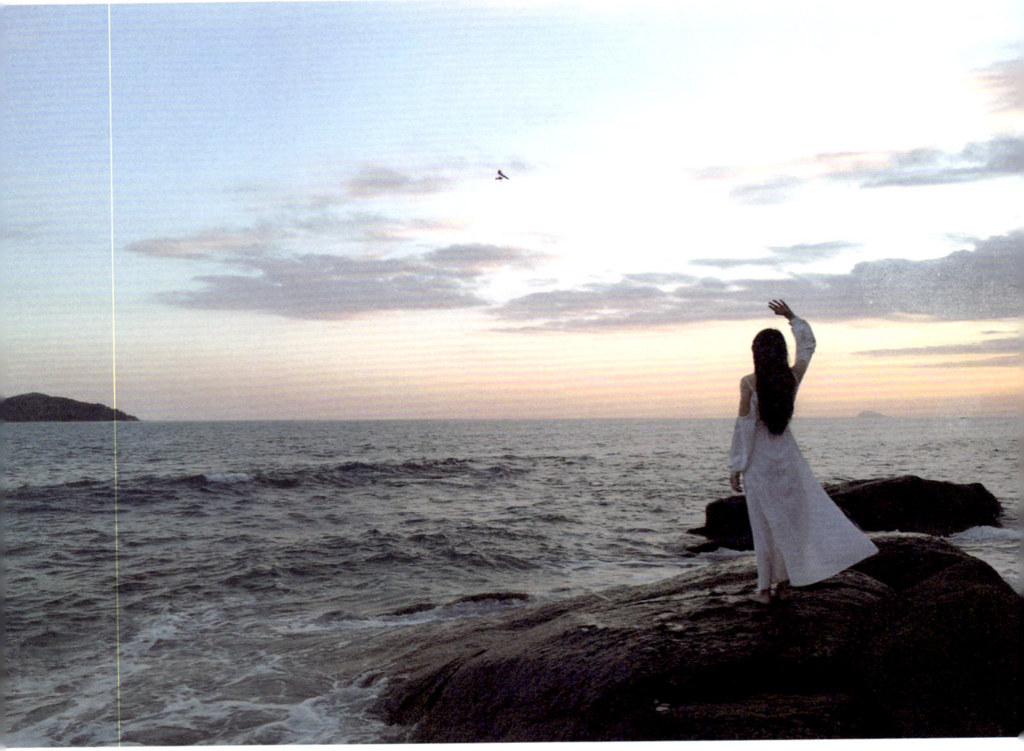

"我喜欢这个天。"林知逸说。

"我也喜欢。"欣宝说。

我看向窗外,说:"是黄昏时夕阳西下的天色吗?"

"不是。"林知逸摇头。

"是太阳下山后,云彩退去,黑夜还没来,有些灰蓝的天。"欣宝说。

正想感慨欣宝说得好浪漫,林知逸说:"也不是。我喜欢的天,是你陪我聊天。"

"……"我和你聊大自然,你却来撩我。

随着天色暗淡,岸边的万家灯火亮起来,尤为耀眼的是凤凰岛,一排蓝莹莹的摩天楼倒映海面,波光潋滟。

"还记得有天晚上我们在那边沙滩玩,玩到凌晨都不回家吗?"这栋大楼附近就是三亚湾的椰梦长廊,我不由得想起去年在这边发生的故事。

"主要是欣宝挖沙子搭城堡玩 high(开心到极致)了,舍不得回家。"林知逸说。

"才不是呢!因为那天的云彩不回家,我才舍不得回家。"欣宝把"背锅侠"的称号给了云彩。

"不过,正因为回家晚,我们才看到了不一样的风景啊……"

我说。

"对的！那天看到了一个画画的老爷爷！"欣宝打断我说。

那天凌晨，在椰梦长廊旁，我不仅仅看到了画画的老爷爷，还有幸看到了另一幅画面。

灯光如昼，椰林树影，天空中隐约可见浅淡的云彩。路边，一位老人正专注地画画，一位男生端坐在一旁的石凳上，他的旁边站着位巧笑倩兮的女生。

欣宝素来对画画感兴趣，她走上前，我和林知逸也跟着走过去。

原来，老人正在为这对路过的情侣作画，画板上，这对情侣并肩而坐，目光坚定地注视前方。

女生的部分已经上完色了，蓝色背带裤搭黄色 T 恤，阳光明媚，青春洋溢。男生的部分还在勾勒线条，难怪男生一动不动地坐在石凳上，原来是在当模特。

欣宝看老人画画看得很入迷，我们只好站在那里等。等待的间隙，女生和我聊起天来。

"我们明天就要离开三亚了，吃完晚饭来这边散步。本来是瞥一眼画家画画，没想到这么幸运，居然成了画中人！"女生的言语中有掩饰不住的喜悦。

"真好。"我忍不住羡慕。

"来三亚旅行一周，我觉得这是我遇到的最浪漫的事。"女生感叹。

最美好的旅行记忆多是偶然发生的,恰似爱情。

"是挺浪漫的,值得终身铭记。"我附和道。

这时,欣宝揪揪我的衣角,欲言又止,我蹲下来,凑近她耳边悄声说:"是不是你也想让老爷爷帮你画画?"

她也凑近我耳边悄声说:"你不用羡慕别人,等我长大,给你和爸爸画一幅画。"

一瞬间,天空的云彩似乎在对我微笑,我也是很幸运的,因为未来的画家许给了我浪漫的承诺。

我愿陪你到海角到天涯

那位女生觉得在三亚最浪漫的事,是在椰梦长廊有位画家用画笔描摹她和恋人旅行的模样。

我不禁想:我在三亚遇到的最浪漫的事是什么?

是在一见钟情的鹿回头公园吗?那里流传着美丽的爱情传说:一位英俊的青年猎手翻山越岭追逐一只鹿,追到悬崖边,鹿猛然回头变成美丽少女,猎手对她一见钟情,结为夫妻。如今,根据这个传说建成的雕像矗立在山顶,旁边立有"神话姻缘"的石碑。

是在蜈支洲岛的观日岩吗?虽然我们去的时候是下午,未能看到日出，但我却看到了挂在海边围栏上一句句情真意切的誓言。海风一吹，风铃轻摇，写有"我爱你""相伴一生""一生相守"的美好誓言能否随着清脆的风铃声传递到恋人的耳边呢？

是在烂漫多情的三亚河吗？那里有一条蜿蜒的情人桥，夜晚五光十色的灯光打在桥身上，宛如一条长龙横卧在河面。五颜六色的灯光倒影在水面上，好似哪位画家不小心打翻了调色盘，美得似在梦中。站在岸边拍照的林知逸，是这场梦里最吸引我的人。

是在三亚千古情的爱情街吗？那条街旁边有个石洞，石洞里立着"山盟海誓"的石碑，碑前有一块大大的圆形石头，这块石头叫"缘缘石"。据说这是一块吸收亿万年天地之灵气的石头，在唐代被雕琢成著名寺院佛塔的塔顶，后来被皇家收藏。"今生有缘和你相遇，用手摸一摸，将会给你带来吉祥。"我和林知逸把手掌按在已被摸得很光滑的缘缘石上，比成爱心的形状。他说，能赶在大学毕业的最后一年遇见我，一定是冥冥之中的缘分，感谢上天的恩赐。对此，我也心怀感恩。

这些地方都挺浪漫的，但好像记忆里还有什么宝藏被我遗忘了。

于是我问林知逸："你觉得三亚最浪漫、最美的风景在哪里？"

林知逸翻开手机相册，定格在一张照片上，说："这就是我眼中最浪漫、最美的风景。"

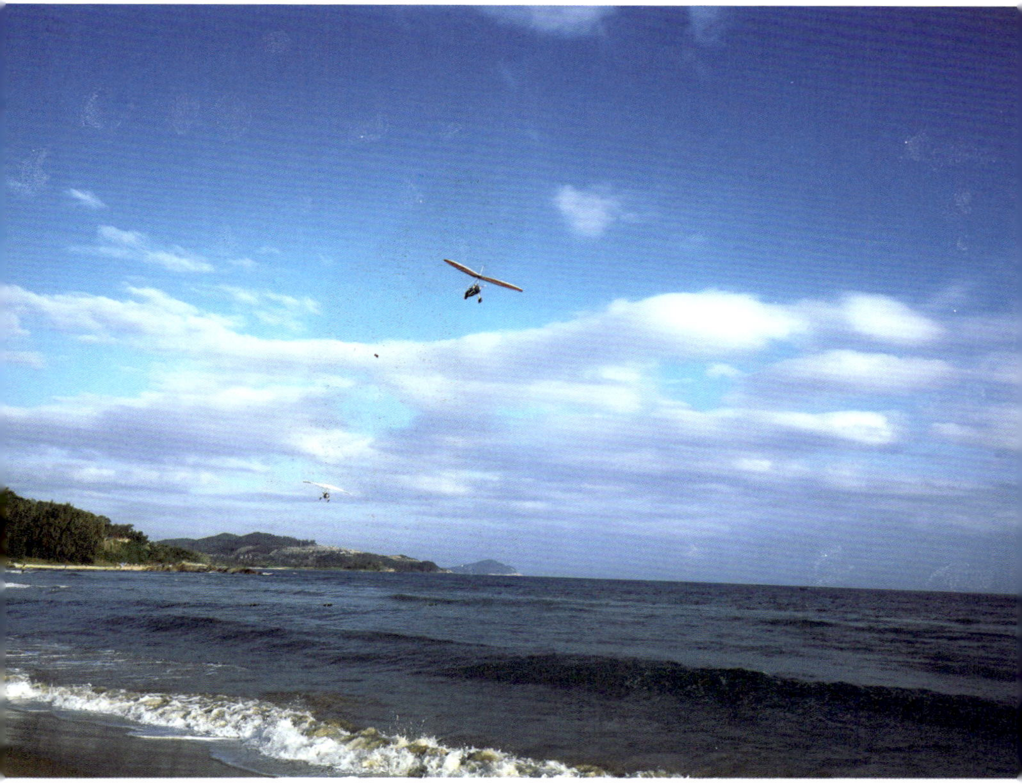

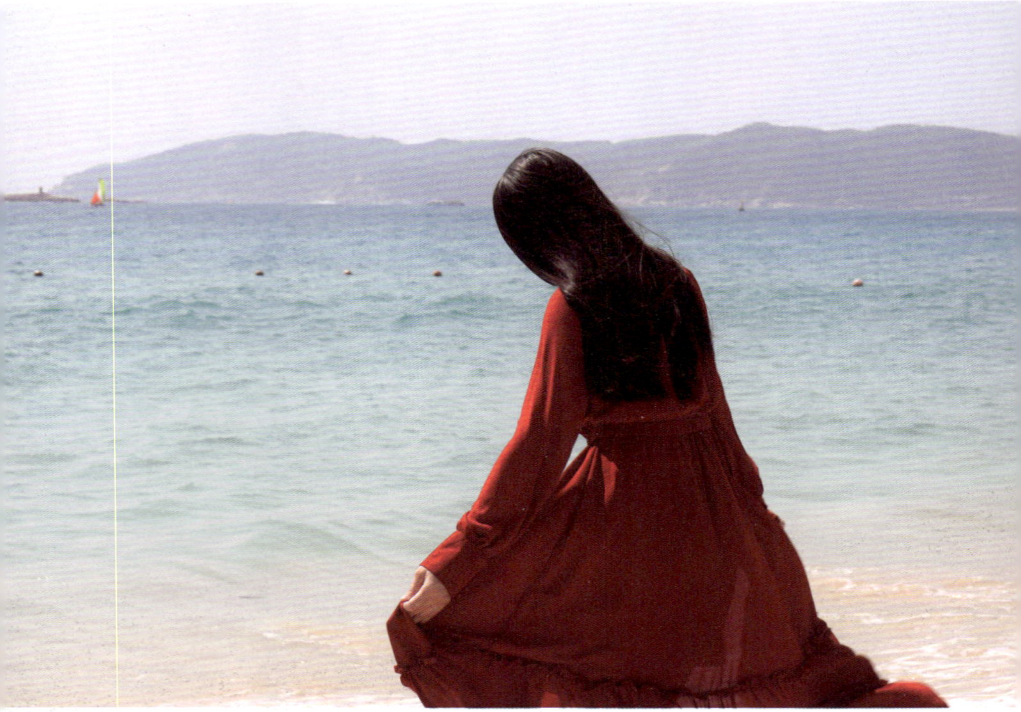

那张照片是我和欣宝牵手看日落的背影。

在三亚我们一起看了好几次日落，原来我们在看日落，而他在看我们。

为了寻找三亚最浪漫的风景，我也翻看手机相册，翻到一张照片，我的手指停止了滑动。

椰树前立着块足有一人高的大石头，我和林知逸手牵手站在前面，石头上写着"情定天涯海角，相爱白头到老"。

我的心跳仿佛停止了，这不就是我苦苦寻觅的最浪漫的地方吗？

天涯海角，是每对恋人都渴望抵达的地方。

曾以为天涯海角就像地老天荒一样，并不存在，只是人们的美好愿景。去了三亚，才发现居然真的有个地方叫天涯海角。

"天涯海角啊，是个不去遗憾、去了后悔的地方。"还记得坐在去天涯海角的出租车上，司机对我说过的话。

这句话并没有让我打退堂鼓，反倒激发了我的好奇心。

"天涯海角"的名字缘于两块著名的石头，一名"天涯石"，一名"海角石"，两块巨石矗立在南海边，遥相呼应。

"大林，你说是先有天涯还是先有海角？"我问林知逸。

"你这句话像在问我，先有男人还是先有女人？"他说。

如果男人是天涯，女人就是海角，自古以来就相互依存。《圣经》里说，上帝按照自己的样子创造了男人亚当，又用亚当的一根肋骨创造了女人夏娃；中国神话里，是女娲创造了人类；达尔文进化论里，人类由进化而来。

　　关于人类的话题暂且不去想，就看看眼前的天涯海角吧。

　　在这片海域，最先有的是"天涯"。清朝雍正年间，崖州知州程哲看到天涯湾海天一色、巨石嶙峋的景色，想起"天涯渺渺，地角悠悠"的诗句，遂觉得这就是传说中的天涯海角，于是让人在石头上刻下了"天涯"二字。

　　后来，民国时期，琼崖守备司令王毅又在相邻的巨石上题写了"海角"二字。至此，天涯海角诞生了。

　　其实，天涯海角不仅是这两块刻着字的石头，更是人们对美好事物的永恒向往。天涯海角不仅在海边，也在彼此相爱的人心里。

　　天涯海角还有一处浪漫的石头，名曰爱情石，由两块分别刻着"日""月"的石头组成，两块石头交叉而立，仿佛一双巨手在海边作出比心的手势。

　　恋人们喜欢站在这里拍照，希望从此天地为证，日月可鉴，执手相看两不厌。

　　有人觉得去天涯海角不过是看几块刻了字的石头，会败兴而归。

　　而我觉得，听着海风的呢喃和人们的心愿，刻了字的石头会有特别的意义。

如同听着恋人的情话，心上刻有恋人名字的人生也会有特别的意义。

择一城终老，遇一人白首

"我们去过这么多地方，你最喜欢哪里啊？"有天晚上，坐在海边的沙滩上，我问林知逸。

"差不多吧。"他说。

"回答得太敷衍了，我觉得每个地方都有自己的特色，各有千秋。"

"对我而言，有你的城市都差不多。高山流水，江河湖海，美则美矣，但如果不是要陪你出来，我宁愿在家宅着。"

"还是说个你最喜欢的地方吧。"我坚持道。

"那就是这里，和你一样。"他说。

"嗯？和我一样？"我不解。

"这里热情，充满活力，和你一样。"他解释。

我笑了，靠在他肩膀上："我也最喜欢这里。"

这里就是三亚，位于北纬 18°，宛若时光停驻的伊甸园，没有寒冷，只有温暖。

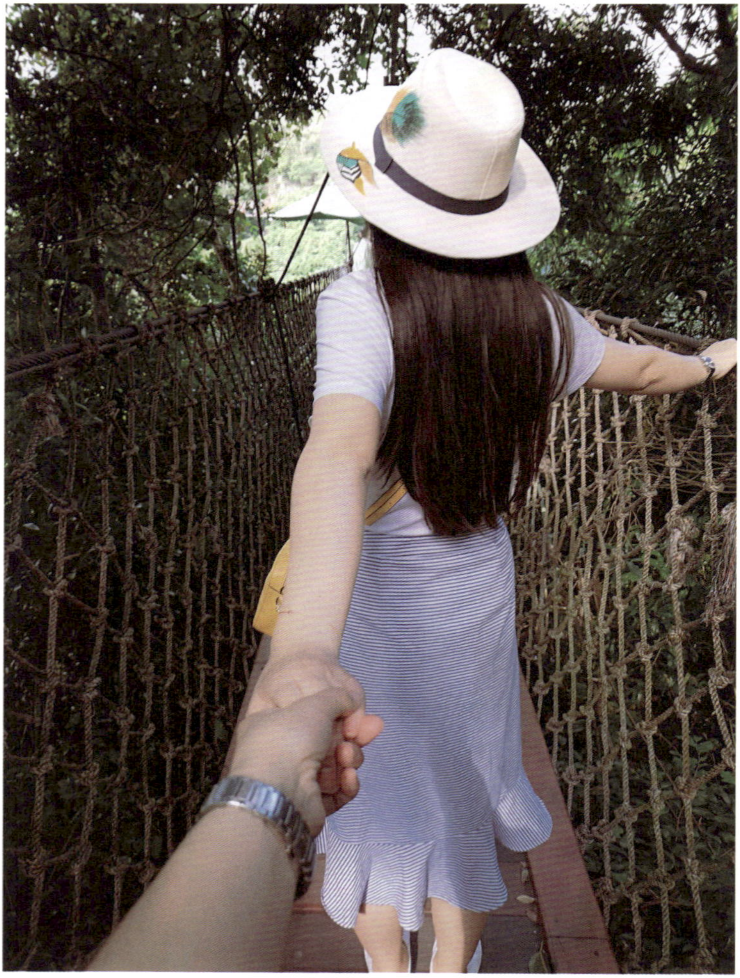

– 247

如果你去过许多地方,有一个地方去过一次又一次,却依旧还想再去,那这里就是你愿意停留的地方。

如果你见过许多人,有一个人每天都看,却依然看不厌,那这个人就是你一生想停靠的港湾。

每个人都渴望拥有一台时光机,带我们去到想停留的美好时光。

虽然现实中没有时光机,但我们的回忆就是一台时光机,可以穿梭到任何一个我们想回到的美好时刻。过去的美好时刻还可以和现在的美好时刻重逢,就像是回忆将时间长河两端的故事轻轻托起。

大学时我和林知逸合唱过一首歌:"希望你能爱我到地老到天荒,希望你能陪我到海角到天涯。"多年后,他真的陪我来到海角天涯。

大学时林知逸给我写过一封信:"我未曾见过大海,愿有朝一日,能和你面朝大海,春暖花开。"多年后,我们真的可以面朝大海,春暖花开。

在三亚的千古情邮局,我曾写了一封信给未来的我们:"未来怎样我不知道,但我无比确信一件事——这世界没有什么是永恒不变的,除了我喜欢你这件事。真希望,老了以后能和你在海边有个家,然后听着海浪声,度过余生。"

后来,我们真的在三亚拥有了自己的家。

当你开着车回家,听着导航说"开往天涯海角"时,仿若我们踏上了一条爱情不归路,而这条路我愿意走到世界尽头。

因为三亚,一年里我拥有两个夏天;因为你,一年里我拥有两个春天。

我看过希腊的爱琴海,也看过北欧的波罗的海,却独独钟情于三亚的海,或许因为那里通往我们爱的海角天涯。

我心悦你,百年为期

　　总要到生命尽头,白发苍苍,才能用行动说明"我心悦你,百年为期"。

每回和林知逸出去旅行，不仅会被美丽的自然风景打动，也会被偶遇的人文风景打动。

比如有一回在三亚的大海边，看到一对已到暮年的爱人手牵手站在沙滩上，任海浪打过来，淹没他们的脚踝。

人生几多风雨，染白他的发，压弯她的背。

风雨无妨，海浪无恙，只因他一直陪伴在身旁。

比如有一回在塞罕坝的七星湖，看到一位满头银发的老人推着他的老伴走上通往湖心的木栈道，然后停在最佳观景台，陪她静看天光云影、湖水青青。

人生几多哀愁，愁白了少年头，她亦不能行走。

这又何妨？不影响他成为她的脚，带她看遍人世风光。

很多人问："什么是爱情？"

我觉得这就是爱情，历经风雨仍然相依相守、不离不弃。

多少人曾爱慕你年轻时的容颜，多少人经过你身边来了又去，只有他，经年以后，依然守护着你。

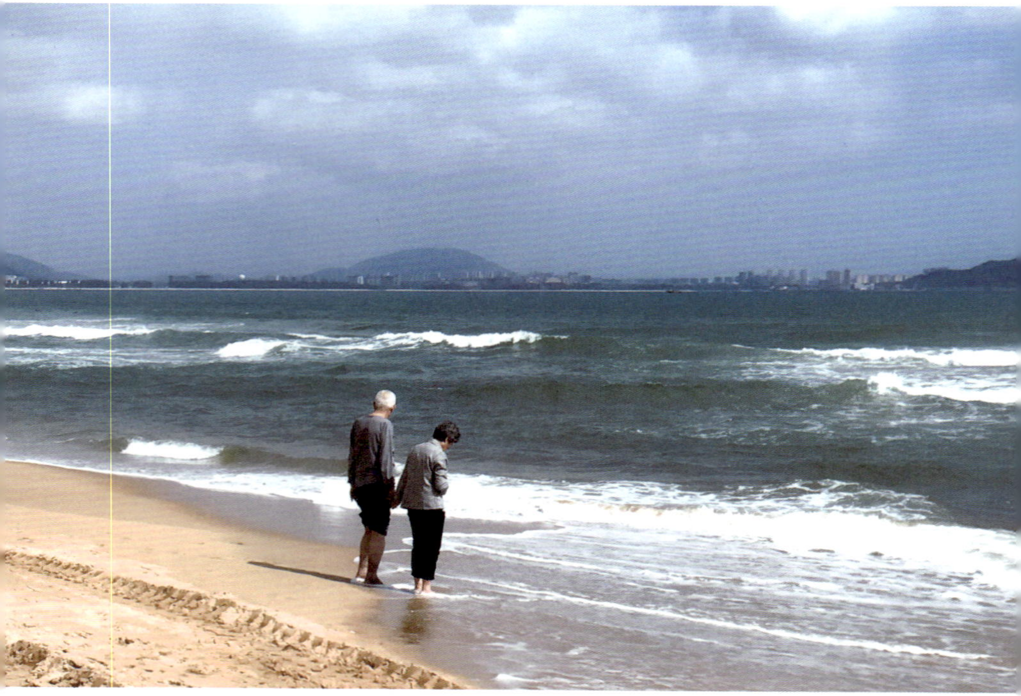

所以，亲爱的你问我："什么是爱情？"

我想，这个答案要用一生去回答。

总要到生命尽头，白发苍苍，才能用行动说明"我心悦你，百年为期"。

后　记
你的内心藏着生活之美

拉开窗帘，窗外正在上演一幕"夕阳晚照"的大戏。层层叠叠的云彩掩映着橘红色的落日，高高的电线塔静静地矗立在海边，注视着时而在海滨公路穿梭的车辆。

此时是八月初，我住在芬兰赫尔辛基的一家酒店，什么都不做，只默默地靠着窗，欣赏着老天爷挥毫的这幅杰作。

在北欧，晚上九点多还能看到日落，真是太幸福了！

起初以为是时差带来的福利让我的幸福感如此强烈，后来才发现，不对啊！每次旅行，不管我在哪里看到日落，内心都充盈着满满的幸福。

然而，旅行结束回到日常生活，为何我就丧失了看日落的闲情逸致？

北京有时也有迷人的彩霞和落日，甚至坐在办公室就可以静观西天的云彩。

天空最风情万种的时候，我正埋头在电脑前，忙着手边的工作，根本无暇抬头看看天空。

旅行久了，我会想：究竟是什么抹杀了平常看风景的情致？

大概是习惯吧？习惯了每天日升日落，觉得身边的风景太过稀松平常，浑然忘记了在远方看到的日落来自同一个太阳。

大概是忙碌吧？每天的日程被工作填满，连抽出十分钟看日落的时间都没有。但是，有时旅行的日程也很紧张，甚至由于旅途奔波身体更疲惫，怎么在看到日落时情不自禁去欣赏？

后来发现，我在旅行时和平常有一点最大的不同：平常手在忙，心也在忙；旅行时脚在忙，心却得到了休憩。

蒋勋说过"忙"这个字是多么惊人的警告，因为忙就是心灵的死亡。

我喜欢旅行，不仅因为旅行时的时间全然属于我和喜欢的人，还因为旅行可以唤醒心灵对生活之美的感知。

走遍万水千山，是为了和他一起环游世界，也是为了给因忙碌变得不安的心一个交代。

旅行时，我的心灵如同一朵花般徐徐绽放，将美景、美物、美人一并收入。

　　这本书就记录了旅途中那一串串快乐的花开，除开林知逸给予我的，也有陌生人给予我的——

　　在伊斯坦布尔的海边，雨中旁若无人拥抱的一对男女，他们初相识便一见如故，却即将各奔天涯。然而，他们余生都会记得此刻相拥的温暖。

　　在英国的旅途中差点丢了精心挑选的明信片，差点丢了手机，最终都幸运地失而复得。上帝很忙，所以创造了善良可爱的人，于是，人世间才有那么多温暖有爱的故事。

　　在塞罕坝的七星湖，一位满头银发的老人用轮椅推着老伴走上通往湖心的木栈道，陪她静看天光云影。人生几多哀愁，愁白了少年头，她亦不能行走。这又何妨？不影响他成为她的脚，带她看遍人世风光。

　　因为旅行，我发现了许多平时察觉不到的美好，内心也变得从容。

　　不知不觉，我开始关注身边那些细碎的小美好。

　　小区里的迎春花随风摇摆；城里的月光照着都市的夜归人；大雨过后的天空变成了粉紫色，宛如少女含羞带怯的脸庞……

　　我渐渐发现，生活不在于你获得了多少，而在于你感受到了多少。

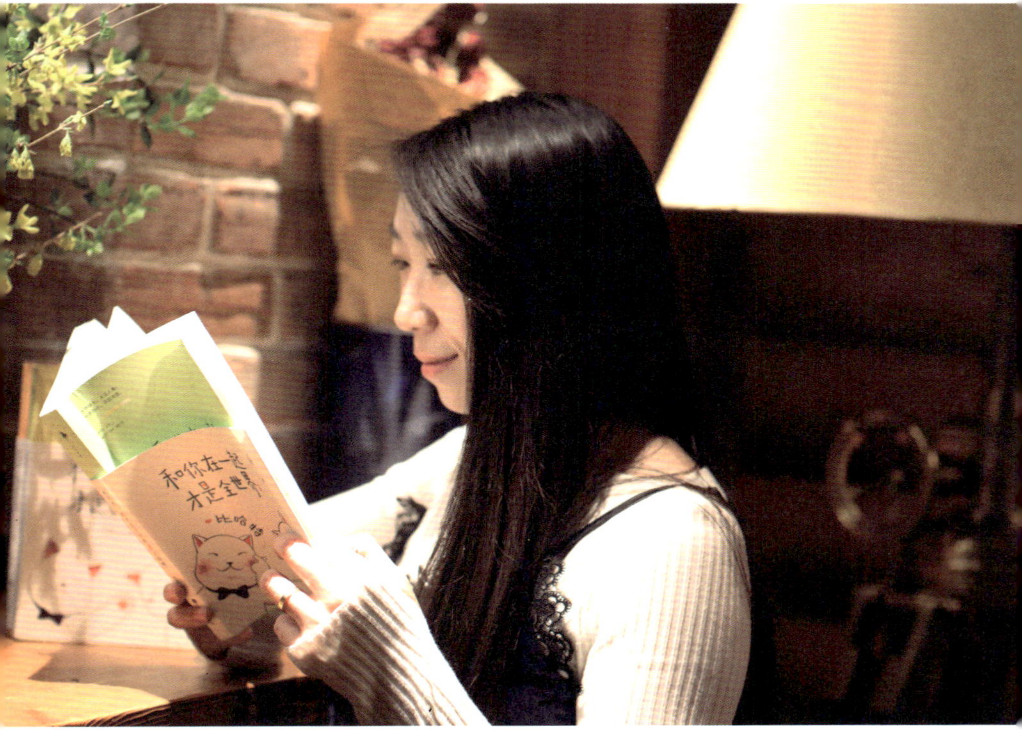

在都市生活，工作之余也可以放慢脚步，看一看身边的风景。那些偷得浮生半日闲的时光看似无用，却是滋养心灵的源泉，也是奔跑的力量。

旅行帮助我们提升感知生活美好的能力，找回内心深处的宁静美好。

偶尔生活在别处，其实是为了在平凡的日子里也能发现美好，发现当下的生活更加值得热爱。

愿你在每个平凡的小日子里，都能感受生活之美。

生活在继续，旅行也在继续。

下一趟旅途，我们再见。

图书在版编目（CIP）数据

见山是山见水是水，见你是全世界/大柠著.—南昌：百花洲文艺出版社，2020.3
ISBN 978-7-5500-3595-9

Ⅰ.①见… Ⅱ.①大… Ⅲ.①随笔－作品集－中国－当代 Ⅳ.① I267.1

中国版本图书馆CIP数据核字（2019）第292880号

见山是山见水是水，见你是全世界
JIAN SHAN SHI SHAN JIAN SHUI SHI SHUI, JIAN NI SHI QUAN SHIJIE

大柠 著

出 品 人	李国靖
特约监制	夏 童
责任编辑	刘 云 黄文尹
特约策划	夏 童 鹿玖之
特约编辑	夏 童 鹿玖之
封面设计	小 茜
版式设计	赵梦菲 王雨晨
封面绘图	梦游兔
内文绘图	梦游兔
内文摄影	林知逸 大 柠
出版发行	百花洲文艺出版社
社　　址	南昌市红谷滩世贸路898号博能中心Ⅰ期A座20楼
邮　　编	330038
经　　销	全国新华书店
印　　刷	三河市兴博印务有限公司
开　　本	880mm×1230mm　1/32
印　　张	8.5
字　　数	228千字
版　　次	2020年3月第1版第1次印刷
书　　号	ISBN 978-7-5500-3595-9
定　　价	49.80元

赣版权登字：05-2019-448
版权所有，侵权必究
发行电话：0791-86895108
网　址　http://www.bhzwy.com
图书若有印装错误，影响阅读，可向承印厂联系调换。